Beleza Negra

ANNA SEWELL

Beleza Negra

A AUTOBIOGRAFIA DE UM CAVALO

1877

TRADUÇÃO
Camila Fernandes

Primeira Edição | 2021

WISH

TRADUÇÃO
Camila Fernandes

PREPARAÇÃO
Milena Vargas

DIAGRAMAÇÃO E CAPA
Marina Avila

REVISÃO
Lorrane Fortunato,
Giovanna Chinellato
e Bárbara Parente

PREFÁCIO
Giovanna Chinellato

1ª edição | 2021 | Capa dura | Geográfica

DADOS INTERNACIONAIS DE CATALOGAÇÃO NA PUBLICAÇÃO (CIP)
(Câmara Brasileira do Livro, SP, Brasil)
Catalogação na fonte: Bibliotecária responsável: Ana Lúcia Merege - CRB-7 4667

S 516
Sewell, Anna
Beleza Negra / Anna Sewell; tradução de Camila Fernandes; prefácio de Giovanna Chinellato. - São Caetano do Sul, SP: Wish, 2021.

256 p.

ISBN 978-65-88218-50-1

1. Literatura infantojuvenil I. Fernandes, Camila II. Chinellato, Giovanna III. Título

CDD 028.5

ÍNDICE PARA CATÁLOGO SISTEMÁTICO:
1. Literatura infantojuvenil 028.5

EDITORA WISH
www.editorawish.com.br
Redes Sociais: @editorawish
São Caetano do Sul - SP - Brasil

Beleza Negra

ESTE LIVRO PERTENCE A

18

À minha querida e honrada mãe,
cuja vida, não menos que sua pena,
foi consagrada ao bem-estar dos outros,
dedico este livrinho com afeto.
ANNA SEWELL

NOTA SOBRE AS ILUSTRAÇÕES

As antigas edições de *Beleza Negra*, por se tratar de uma obra tão famosa, são verdadeiras galerias de arte. Dezenas de ilustrações de diversos artistas intercalam as páginas de história, oferecendo uma visão única de cada cena. Para esta edição, escolhemos as ilustrações de dois artistas e, infelizmente, ambos não foram creditados por suas obras. Até o fechamento desta edição, não foi possível encontrar seus nomes.

Sumário

Equipamentos

IMAGEM: The Horse World of London, W. J. Gordon, 1893.

COALHEIRA
RÉDEA
ANTOLHO
CABEÇADA
CHICOTE
FERRADURA
EMBOCADURA, FREIO E BRIDÃO

BLACK BEAUTY

MADE IN U.S.A.
McLOUGHLIN BROS. INC.
SPRINGFIELD, MASS.

Prefácio

POR GIOVANNA CHINELLATO

Existem livros que a gente nunca esquece; e existem livros que o mundo nunca esquece. *Beleza Negra*, livro que você tem agora em mãos, se encaixa em ambos os casos: ele marcou o coração das pessoas e do mundo. Passados mais de cem anos desde sua primeira publicação, ele segue como um dos títulos britânicos mais vendidos de todos os tempos e preferido entre as crianças, embora não tenha sido escrito para elas. Seu impacto na forma como os cavalos eram tratados foi tão profundo que a primeira edição americana, publicada pelo filantropo e defensor dos direitos dos animais George T. Angell em 1890, trazia o subtítulo "a *Cabana do Pai Tomás* dos cavalos", uma menção ao livro que ajudou a abolir a escravidão norte-americana.

Anna Sewell amava cavalos desde a infância. Aos dois anos de idade, já gostava de alimentá-los no ponto de carruagens. Mas foi no início da adolescência, quando sofreu um acidente a caminho da escola e cujos ferimentos lhe deixaram sequelas para o resto da vida, que Anna passou a depender dos cavalos para se locomover, fazendo com que ela criasse profundos laços de proximidade. Em verdade, toda a Inglaterra vitoriana dependia da tração animal. O relatório de W. J. Gordon[1] estimava a existência de 300 mil cavalos e pôneis apenas em Londres. Porém, a maioria desses animais acabava morrendo antes de completar quatro anos de trabalho devido às cruéis condições e cargas excessivas a que eram submetidos.

Quando Sewell, aos 50 anos e gravemente doente, recebeu a notícia de que não viveria muitos meses, decidiu fazer algo em relação ao sofrimento que presenciava diariamente e começou a trabalhar no que ela mesma definiu como "um pequeno livro, cujo propósito seria induzir a gentileza, empatia e compreensão no tratamento dos cavalos". Quando estava fraca demais para escrever, ditava a história para sua mãe, que a registrava. Seis anos depois, contrariando as previsões médicas, como se a morte não pudesse tocá-la até que terminasse a obra, Anna publicou *Beleza Negra*. Ela faleceu no ano seguinte, a tempo de ver o livro se tornar um sucesso de vendas, mas não de presenciar as mudanças que traria.

Nos anos que se seguiram à publicação da obra, a discussão contra o uso de gamarras[2], antes tímida e escassa, recebeu atenção da população e dos jornais. Panfletos de conscientização foram distribuídos em massa e, em algumas décadas, o instrumento torturante finalmente sumiu das ruas inglesas. *Beleza Negra* atravessou os oceanos, foi publicado em diversos idiomas e popularizou o gênero das autobiografias animais, inspirando diversos outros títulos que pediriam por um tratamento mais justo a cães, gatos, canários, dentre outros seres vivos... Sociedades de assistência animal ganharam força, novas leis de proteção foram aprovadas e uma consciência por maior respeito surgiu entre as pessoas.

Porém, mesmo com toda sua influência, a "*Cabana do Pai Tomás* dos cavalos" ainda não conseguiu fazer por estes o que

---

1 Autor do estudo *The Horse-World of London*, publicado em 1893.

2 Equipamento que "corrige" a postura de cavalos.

Pai Tomás fez pelos escravizados norte-americanos. Cavalos continuam, ainda hoje, em todas as partes do mundo, sendo usados para diversas finalidades, mais do que qualquer outro animal: montaria, transporte, companhia, entretenimento; para o consumo de sua carne, leite, couro; em esportes, apostas, guerras e caçadas, seja como perseguidor ou presa. Eles podem não povoar as ruas das grandes cidades como já fizeram, mas continuam aqui, servindo, muitas vezes, em seu sofrimento invisível.

No Brasil, são poucas as instituições que, sem ajuda do governo e dependendo de doações e voluntários, se opõem a práticas cruéis e resgatam cavalos de situações de maus-tratos. Porém, são muitos os animais torturados, como na obra de Sewell, para entretenimento; ou forçados a trabalhar desde tenra idade sob as dores constantes de equipamentos e punições físicas, até serem abandonados nas ruas, vendidos para abatedouros ou finalmente caírem de fome, sede e exaustão. Embora maus-tratos seja configurado como crime em todo o território nacional, e muitas das grandes cidades já tenham proibido crueldades como o uso das carroças e rodeios, a falta de fiscalização e descaso fazem com que as infrações sigam impunes.

A história da relação humana com os cavalos, desde tempos imemoriais, é uma dolorosa lembrança das palavras da égua Gengibre: "Os homens são mais fortes e, quando são cruéis e não têm sentimentos, não há nada que possamos fazer, apenas aguentar... aguentar sem parar até o fim". O livro que você está prestes a ler foi o primeiro a mostrar o que essa frase realmente significa, nas palavras de um cavalo que mudou o mundo e, com sorte, continuará a mudar até que todos possam viver livres.

GIOVANNA CHINELLATO é tradutora e doutoranda pela Universidade de São Paulo, onde pesquisa ecocrítica, literatura infantil e natureza. Desde pequena, estuda também comportamento animal e *horsemanship* para uma melhor comunicação com os cavalos. Seu mundo gira em torno de bichos resgatados, livros que não cabem mais nas estantes e uma filha e um marido que têm muita paciência com pelos de gato nas roupas.

PARTE 1

1

Meu primeiro lar

O primeiro lugar de que me recordo bem é um prado vasto e agradável com um lago de águas cristalinas. Algumas árvores frondosas se debruçavam nele, e juncos e ninfeias cresciam nas profundezas. Por cima da sebe, de um dos lados, víamos um campo arado e, do outro, além da porteira, a casa de nosso mestre, que ficava à beira da estrada. Na parte mais alta do prado havia um bosque de abetos e, na mais baixa, um riacho margeado por uma ribanceira alta.

Quando eu era jovem, vivia do leite de minha mãe, pois não conseguia comer capim. Passava o dia correndo ao seu lado e à noite me deitava junto dela. Quando fazia calor, ficávamos à beira do lago e à sombra das árvores; quando estava frio, tínhamos um abrigo quente e confortável perto do bosque.

Assim que cresci o suficiente para comer capim, minha mãe passou a sair para trabalhar durante o dia e voltar à noite.

Havia mais seis potros no prado. Eram mais velhos do que eu, e alguns já tinham quase o tamanho de cavalos adultos.

Eu corria com eles e me divertia muito; costumávamos galopar juntos, dando voltas e mais voltas no prado na maior velocidade possível. Às vezes, nossas brincadeiras eram brutas, pois eles mordiam e davam coices com frequência ao galopar.

Um dia, depois de darmos muitos coices, minha mãe relinchou, chamando-me, e disse:

— Quero que preste muita atenção ao que vou dizer. Os potros que vivem aqui são muito bons, mas são cavalos de tração e é óbvio que não aprenderam boas maneiras. Você é bem-nascido e bem-criado, seu pai tem renome na região, seu avô ganhou o primeiro lugar duas vezes nas corridas de Newmarket, sua avó tinha o temperamento mais dócil que qualquer cavalo que eu já tenha conhecido e acho que você nunca me viu dar coices nem morder. Espero que você cresça bom e gentil e que nunca aprenda maus modos. Faça seu trabalho com boa vontade, levante bem as patas ao trotar e nunca morda nem dê coices, nem mesmo por brincadeira.

Nunca esqueci o conselho de minha mãe. Eu sabia que ela era uma égua velha e sábia, e nosso mestre tinha grande consideração por ela. Seu nome era Duquesa, mas ele sempre a chamava de Querida.

Nosso mestre era um homem bom e gentil. Ele nos dava boa comida e boas acomodações e dizia palavras amáveis, falando conosco com o mesmo apreço de quando falava com seus filhos pequenos. Todos gostávamos dele, e minha mãe o amava muito. Ao vê-lo no portão, ela relinchava de alegria e trotava até ele, que a acariciava e dizia:

— Bom, Querida, como vai seu Pretinho?

Eu tinha pelagem preta e opaca, e por isso ele me chamava de Pretinho. Depois, dava-me um pedaço de pão, que era muito bom, e às vezes trazia uma cenoura para minha mãe. Todos os cavalos iam até ele, mas acho que éramos seus favoritos. Minha mãe sempre o levava para a cidade em dia de feira num trote leve.

Havia um moço do arado, Dick, que às vezes vinha ao nosso campo para colher amoras-pretas da sebe. Depois de comer tudo o que queria, fazia o que chamava de "divertir-se com os potros", atirando pedras e paus para nos fazer correr. Não nos importávamos muito com ele, pois podíamos partir a galope, mas às vezes uma pedra nos atingia e machucava.

Um dia, ele estava entretido com essa brincadeira e não sabia que o mestre estava no campo ao lado — mas ele estava lá, observando o que acontecia, e pulou num instante por cima da sebe, pegando Dick pelo braço, e deu-lhe uma bofetada na orelha que o fez gritar de dor e surpresa. Assim que vimos o mestre, nos aproximamos para ver o que estava acontecendo.

— Garoto malcriado! — disse ele. — Malcriado! Ficar perseguindo os potros! Essa não é a primeira vez, nem a segunda, mas será a última. Pronto... Pegue aqui seu pagamento e vá para casa. Não quero mais vê-lo em minha fazenda.

E nunca mais vimos Dick.

O velho Daniel, o homem que cuidava dos cavalos, era tão gentil quanto nosso mestre; assim, a vida era muito boa.

2

A caçada

Antes que eu completasse dois anos, aconteceu uma coisa de que nunca me esqueci. Era o começo da primavera, havia geado um pouco durante a noite e uma névoa leve ainda pairava sobre os bosques e prados. Eu e os outros potros estávamos comendo na parte mais baixa do campo quando ouvimos, muito ao longe, o que pareciam ser latidos de cães. O mais velho dos potros ergueu a cabeça, aguçou os ouvidos e disse:

— Lá vêm os cães de caça! — E saiu a galope na mesma hora.

Nós o seguimos até a parte mais alta do prado, onde podíamos olhar por cima da sebe e ver vários campos além dela. Minha mãe e um velho cavalo de montaria de nosso mestre também estavam por perto e pareciam saber tudo sobre o caso.

— Encontraram uma lebre — informou minha mãe — e, se passarem por aqui, veremos a caçada.

Logo todos os cães estavam lá, destruindo a plantação de trigo novo ao lado do nosso campo. Eu nunca tinha ouvido tanto barulho. Eles não latiam, nem uivavam, nem ganiam, mas faziam: "Io! Io, o, o! Io! Io, o, o!" com toda a força da sua voz. Atrás deles, vieram vários homens a cavalo, alguns com casacos verdes de caçada, e todos galopando o mais rápido que podiam. O cavalo velho bufou e olhou ansioso para eles, e nós, jovens potros, queríamos galopar com eles, mas logo estavam nos campos mais abaixo e, lá, pareceram se deter. Os cachorros passaram a latir e correr por toda parte com o focinho colado ao chão.

— Perderam o rastro — disse o cavalo velho. — Talvez a lebre consiga escapar.

— Que lebre? — perguntei.

— Ah, não sei que lebre é. Pode ser uma das nossas, que saiu do bosque. Qualquer lebre servirá para os cães e os homens perseguirem.

E logo os cachorros recomeçaram seu "Io! Io, o, o!" e voltaram juntos a toda velocidade, indo direto para nosso prado, na parte onde a ribanceira alta e a sebe margeavam o riacho.

— Agora veremos a lebre — disse minha mãe.

No mesmo instante, uma lebre desesperada de medo passou correndo em direção ao bosque. Os cães foram atrás dela, pulando a ribanceira, saltando sobre o riacho e correndo pelo campo, seguidos pelos caçadores. Sete ou oito homens fizeram seus cavalos pularem logo atrás dos cães. A lebre tentou atravessar a cerca, mas os vãos eram apertados demais, e ela fez uma curva brusca para tentar voltar à estrada, mas já era tarde: os cães avançaram sobre ela com seus gritos desvairados. Ouvimos um único berro e foi o fim da lebre. Um dos caçadores se aproximou e usou o chicote para afastar os cães, que logo a teriam partido em pedaços. Ele a segurou pela perna, ferida e sangrenta, e todos os cavalheiros pareceram muito contentes.

Quanto a mim, fiquei tão aturdido que a princípio não vi o que acontecia perto do riacho, mas, quando olhei, tive uma visão triste: dois belos cavalos haviam caído. Um deles lutava contra a água do riacho e o outro gemia na relva. Um dos cavaleiros saía da água coberto de lama e o outro estava deitado, imóvel.

— Ele quebrou o pescoço — explicou minha mãe.

— Bem feito para ele! — respondeu um dos potros.

Pensei a mesma coisa, mas minha mãe não concordou:

— Ora, não, não diga uma coisa dessas. Embora eu seja uma égua velha e tenha visto e ouvido tantas coisas, nunca consegui entender por que os homens gostam tanto desse esporte. Muitas vezes, eles se machucam, machucam bons cavalos e destroem os campos, e tudo por causa de uma lebre, raposa ou veado que poderiam apanhar mais facilmente de outro modo. Mas somos apenas cavalos e não entendemos.

Enquanto minha mãe falava, ficamos parados, olhando. Muitos cavaleiros foram até o jovem caído, mas meu mestre, que observava os acontecimentos, foi o primeiro a levantá-lo. A cabeça dele caiu para trás e seus braços penderam do corpo, e todos ficaram muito sérios. Agora, não havia mais barulho; até os cachorros ficaram em silêncio e pareceram entender que havia algo errado.

Levaram o rapaz para a casa de nosso mestre. Depois, eu soube que ele era George Gordon, o único filho de um rico fazendeiro, um jovem alto e bonito, o orgulho de sua família.

Agora havia pessoas cavalgando em todas as direções: ao médico, ao veterinário e, sem dúvida, à casa do sr. Gordon, para informá-lo sobre o filho. Quando o sr. Bond, o veterinário, foi ver o cavalo preto que jazia na relva, gemendo, ele o apalpou e balançou a cabeça; uma das pernas do cavalo estava quebrada. Então, alguém correu até a casa de nosso mestre e voltou com uma arma. Depois, ouviu-se um grande estrondo e um grito terrível, e tudo ficou silencioso. O cavalo preto não se mexeu mais.

Minha mãe ficou aflita. Disse que o conhecia havia anos, que o nome dele era Rob Roy, que era um ótimo cavalo e nunca se comportava mal. Desde então, ela nunca mais foi até aquela parte do prado.

Poucos dias depois, ouvimos o sino da igreja badalar por muito tempo e, olhando por cima da porteira, avistamos uma carruagem longa, preta e estranha, coberta com um tecido preto e puxada por cavalos pretos; depois, veio outra, e mais outra, e todas eram pretas, enquanto o sino continuava a badalar. Estavam levando o jovem Gordon para o cemitério da igreja para enterrá-lo. Ele nunca mais voltaria a cavalgar.

Eu nunca soube o que fizeram com Rob Roy, mas foi tudo por causa de uma lebrezinha.

3

Minha doma

Eu estava crescendo e ficando bonito; agora, meu pelo crescia macio e de um preto lustroso. Eu tinha uma pata branca e uma linda estrela da mesma cor na testa, e todos me consideravam muito bonito. O mestre não me venderia antes de eu completar quatro anos, pois dizia que os meninos não devem trabalhar como os homens, nem os potros devem trabalhar como os cavalos antes de terem crescido completamente.

Quando eu tinha quatro anos, o sr. Gordon veio me ver. Examinou meus olhos, minha boca e minhas patas, apalpando tudo, e depois tive que andar, trotar e galopar diante dele. Ele pareceu gostar de mim e disse:

— Quando ele estiver bem domado, servirá muito bem.

O mestre disse que me domaria pessoalmente, pois não queria que eu ficasse assustado nem ferido, e não perdeu tempo, começando no dia seguinte.

Nem todo mundo sabe o que é a doma; por isso, vou descrevê-la. Significa ensinar um cavalo a usar a sela e o bridão, a carregar um homem, uma mulher ou uma criança nas costas, a seguir exatamente na direção que as pessoas querem e fazê-lo com tranquilidade. Além disso, o cavalo deve aprender a usar um arreio de carroça, com coalheira, rabicho e retranca, e a ficar parado enquanto essas peças são colocadas. Depois, deixar-se atrelar a uma carroça ou carruagem, de modo que não possa andar nem trotar sem arrastá-la atrás de si. Ele deve, ainda, ir rápido ou devagar, tal como seu condutor quiser, e nunca pode se assustar com o que vê, nem falar com outros cavalos, nem morder, nem dar coices, nem ter vontade própria, mas fazer sempre a vontade do mestre, ainda que esteja muito cansado ou com fome. Mas o pior de tudo é que, depois que se põe todo o arreio, ele não pode pular de alegria nem se deitar de cansaço. Assim, como você pode ver, a doma é muito importante.

É óbvio que eu estava acostumado havia muito tempo a um cabresto com guia, e a ser conduzido tranquilamente pelos campos e estradas, mas agora usaria bridão e cabeçada. Meu mestre me deu um pouco de aveia, como sempre, e, depois de muito me agradar, enfiou o bridão em minha boca e ajustou a cabeçada. Foi péssimo! Quem nunca usou um bridão na boca não consegue imaginar como é ruim. É uma grande peça de aço duro e frio da espessura do dedo de um homem que é enfiada na boca do cavalo, entre os dentes e por cima da língua, com as extremidades saindo pelos cantos da boca; e fica presa ali por tiras que passam sobre a cabeça, debaixo da garganta, em volta do nariz e por baixo do queixo, de modo que é impossível se livrar dessa coisa dura e incômoda. É ruim! Muito, muito ruim! Pelo menos, foi isso que pensei, mas sabia que minha mãe sempre usava bridão quando saía, assim como todos os cavalos adultos. E assim, com a aveia gostosa e os afagos, as palavras amáveis e os gestos gentis de meu mestre, aceitei usar o bridão e a cabeçada.

A seguir veio a sela, mas não foi tão ruim. Meu mestre a colocou nas minhas costas com muito cuidado, enquanto o

velho Daniel segurava minha cabeça; depois, apertou a barrigueira debaixo do meu corpo, fazendo afagos e falando comigo o tempo todo; em seguida, comi um pouco de aveia e, por fim, ele me conduziu um pouco de lá para cá. Fez isso todos os dias, até que comecei a ansiar pela hora da aveia e da sela. Finalmente, numa manhã, o mestre montou nas minhas costas e cavalgamos pelo capim macio do prado. A sensação foi muito estranha, mas preciso admitir que fiquei um tanto orgulhoso de carregar o mestre, e, como ele continuou a me cavalgar um pouco todos os dias, logo me acostumei.

A próxima etapa desagradável foi calçar as ferraduras. No começo, isso também foi muito difícil. Meu mestre me levou até a forja do ferreiro com a intenção de cuidar para que eu não ficasse ferido nem amedrontado. O ferreiro segurou minhas patas, uma após a outra, e cortou uma parte do casco. Não doeu; por isso, fiquei parado, apoiado em três patas, até que ele tivesse trabalhado em todas elas. Depois, ele pegou um pedaço de ferro com o formato do meu casco, encaixou-o e fixou alguns pregos bem fundos no casco, de modo que a ferradura ficasse firme. Senti que minhas patas ficaram rígidas e pesadas, mas, com o tempo, também me acostumei.

Depois de tudo isso, meu mestre passou a me domar usando todo o arreio: havia mais equipamentos para aprender a usar. Primeiro, um colar duro e pesado só no pescoço, a coalheira, e uma cabeçada com grandes peças laterais cobrindo meus olhos, chamadas antolhos, e eram mesmo "antiolhos", porque eu não conseguia ver nada de nenhum dos dois lados, só o que havia à minha frente. Em seguida, veio o selote com uma correia dura e desconfortável que passava bem debaixo da minha cauda; era o rabicho. Detestei o rabicho! Sentir minha cauda longa ser dobrada e enfiada naquela correia foi quase tão ruim quanto usar o bridão. Nunca tive tanta vontade de dar coices, mas é claro que não poderia escoicear um mestre tão bom. Assim, com o tempo, me acostumei a tudo e aprendi a fazer o trabalho tão bem quanto minha mãe.

Não posso deixar de citar uma parte do meu treinamento que sempre considerei uma enorme vantagem. O mestre me mandou passar duas semanas na propriedade de um fazendeiro vizinho, cujo pasto era contornado, de um lado, pela ferrovia. Ali, havia algumas ovelhas e vacas, e deixaram-me com elas.

Jamais esquecerei o primeiro trem que passou. Eu estava comendo calmamente perto da cerca de estacas que separava o campo da ferrovia quando ouvi um som estranho ao longe e, antes que eu soubesse de onde vinha — com pressa, estardalhaço e uma lufada de fumaça —, um trem longo e preto passou veloz e sumiu num instante. Eu me virei e corri para o outro lado do pasto o mais rápido que pude, e lá fiquei, bufando de espanto e medo. No decorrer do dia, muitos outros trens passaram; alguns deles eram mais lentos e paravam na estação perto dali e, às vezes, soltavam gritos e gemidos terríveis antes de parar. Achei tudo aquilo pavoroso, mas as vacas continuaram a comer, muito tranquilas, e mal levantaram a cabeça quando a coisa escura e assustadora passou arfando e rangendo.

Nos primeiros dias, não consegui me alimentar em paz, mas, ao descobrir que aquela criatura terrível nunca ia até o campo nem me fazia mal, deixei de prestar-lhe atenção. Logo passei a me importar tão pouco com a passagem de um trem quanto as vacas e ovelhas.

Desde então, vi diversos cavalos muito alarmados e inquietos perante a visão ou o som de uma locomotiva, mas, graças aos cuidados de meu bom mestre, sou tão destemido nas estações ferroviárias quanto em meu próprio estábulo.

Se alguém quiser domar bem um potro, saiba que é assim que se faz.

Muitas vezes, meu mestre me atrelava ao lado de minha mãe à carruagem, porque ela era firme e poderia me ensinar como andar melhor do que um cavalo desconhecido. Ela me disse que, quanto melhor eu me comportasse, melhor tratamento receberia, e que era mais sensato me esforçar ao máximo para agradar o mestre.

— Mas existem muitos tipos de homens — disse ela. — Há homens bons e atenciosos como nosso mestre, que qualquer cavalo pode se orgulhar de servir, e há homens maus e perversos, que nunca deveriam ter um cavalo nem um cachorro para chamar de seu. Além disso, há muitos homens tolos, vaidosos, ignorantes e negligentes, que nunca se dão ao trabalho de pensar. Estes ferem mais cavalos do que todos os outros, apenas por falta de bom senso. Eles não têm má intenção, mas fazem mal mesmo assim. Espero que você vá parar em boas mãos, mas nenhum cavalo jamais sabe quem vai comprá-lo ou conduzi-lo; para nós, tudo é questão de sorte. Ainda assim, insisto: faça o melhor que puder onde quer que esteja e honre sua boa reputação.

4

Birtwick Park

Nessa época, eu ficava no estábulo e meu pelo era escovado todos os dias até ficar lustroso como a asa de uma gralha. Era o começo de maio quando chegou um homem da propriedade do sr. Gordon, que me levou para lá.

— Adeus, Pretinho — disse o mestre. — Seja um bom cavalo e faça sempre o melhor que puder.

Eu não consegui dizer "adeus", então, apoiei o nariz em sua mão, ele me fez um afago gentil e deixei meu primeiro lar.

Já que morei alguns anos com o sr. Gordon, é melhor contar alguma coisa sobre o lugar.

A propriedade do sr. Gordon contornava a vila de Birtwick. Entrava-se lá por um grande portão de ferro, no qual ficava a primeira casa de guarda, e depois trotava-se por uma estrada lisa entre arvoredos altos e antigos; em seguida, outra casa de guarda e outro portão, que levavam até a mansão e os jardins. Mais adiante, ficava o pátio da casa, o antigo pomar e os estábulos. Havia acomodações para muitos cavalos e carruagens, mas só preciso descrever o estábulo para o qual fui levado; era muito espaçoso, com quatro baias boas e uma grande janela que dava para o quintal, o que o tornava agradável e arejado.

A primeira baia era grande e quadrada, fechada atrás por um portão de madeira; as outras eram baias comuns, boas, mas bem menores; tinha uma feneira baixa para feno e um cocho para milho, e era chamada de baia livre, pois o cavalo que era deixado dentro dela não ficava amarrado, mas solto e à vontade. É ótimo ter uma baia livre.

Foi nesse belo compartimento que o cavalariço me alojou; era limpo, agradável e arejado. Nunca estive numa baia melhor do que aquela, e as laterais não eram tão altas que eu não conseguisse ver tudo o que se passava pela grade de ferro que ficava em cima. Ele me deu uma aveia muito gostosa, me afagou, falou comigo num tom gentil e depois foi embora.

Depois de comer os grãos, olhei à minha volta. Na baia ao lado da minha estava um pônei pequeno, cinzento e gorducho, de crina e cauda grossas, linda cabeça e narizinho atrevido.

Passei a cabeça pela grade de ferro no alto da minha baia e disse:

— Olá, como vai? Qual é o seu nome?

Ele se virou tanto quanto seu cabresto permitiu, ergueu a cabeça e respondeu:

— Meu nome é Passoleve. Sou muito bonito, levo as meninas nas costas e às vezes levo nossa mestra para passear no cabriolé. Elas me adoram, e James também. Você vai ser meu vizinho de baia?

— Vou, sim.

— Bom, então, tomara que você seja manso. Não gosto de nenhum vizinho que morda.

Nesse momento, a cabeça de outro cavalo espiou por cima da outra baia; as orelhas estavam voltadas para trás e os olhos pareciam um tanto hostis. Era a cabeça de uma égua alta e alazã, de pescoço longo e bonito. Ela olhou para mim e disse:

— Então, foi você quem me tirou da minha baia. É muito estranho que um potro como você venha expulsar uma dama da própria casa.

— Com licença — respondi. — Não expulsei ninguém; o homem que me trouxe me colocou aqui, e não tive nada a ver com isso. Quanto a ser um potro, já tenho quatro anos e sou adulto. Nunca me desentendi com cavalo nem égua, e meu desejo é viver em paz.

— Bom, veremos — disse ela. — É lógico que não quero me desentender com um jovenzinho como você.

Eu não disse mais nada. À tarde, quando ela saiu, Passoleve me contou tudo a seu respeito:

— O caso é o seguinte. Gengibre tem o péssimo hábito de dar dentadas muito ardidas, e é por isso que a chamam assim. Quando estava na baia livre, ela mordia muito. Um dia, mordeu o braço de James e o fez sangrar. Então, a srta. Flora e a srta. Jessie, que gostam muito de mim, ficaram com medo de entrar no estábulo. Elas sempre me traziam coisas boas para comer, maçãs, cenouras ou pedaços de pão, mas, depois que Gengibre passou a morar nessa baia, elas não se atreveram mais a vir, e tive muita saudade. Tomara que agora elas voltem, se você não for do tipo que morde.

Eu disse a ele que nunca havia mordido nada além de grama, feno e grãos, e não conseguia imaginar que prazer Gengibre sentia em fazer isso.

— Bom, não acho que ela faça por prazer — respondeu Passoleve. — É só um hábito ruim. Ela diz que ninguém jamais foi gentil com ela, então, por que não deveria morder? É óbvio que é um hábito terrível, mas tenho certeza de que, se tudo o que ela diz for verdade, deve ter sido muito maltratada antes de vir para cá. John faz tudo o que pode para agradá-la, e James também, e o mestre nunca usa o chicote se o cavalo se comporta bem; por isso, acho que talvez viver aqui melhore o humor dela. Sabe — ele adotou um olhar sábio —, tenho doze anos, sei de muitas coisas e posso garantir que em todo o país não há lugar melhor do que este para um cavalo. John, que está aqui há catorze anos, é o melhor cavalariço e cocheiro que já existiu, e você nunca viu um garoto melhor que James. Portanto, se Gengibre não pôde ficar com essa baia, a culpa é toda dela.

5

Um bom começo

O nome do cocheiro era John Manly. Ele era casado e tinha um filho pequeno, e os três moravam na casa bem perto do estábulo.

Na manhã seguinte, ele me levou ao quintal e me deu uma boa escovada. No momento em que eu estava voltando à baia, com o pelo macio e lustroso, o sr. Gordon entrou para me ver e pareceu ficar contente, dizendo:

— John, eu queria ter experimentado o novo cavalo csta manhã, mas preciso tratar de outros assuntos. Você pode levá-lo para dar uma volta depois do desjejum. Vá pela estrada do campo e por Highwood, e volte pelo moinho e pelo rio; isso mostrará como é a andadura dele.

— Pode deixar, senhor — respondeu John. Depois de comer, ele voltou e me colocou as rédeas. Foi muito cuidadoso ao soltar e apertar as alças para ajustá-las à minha cabeça de modo confortável. Depois, trouxe uma sela, mas não era larga o suficiente para minhas costas; ele logo percebeu e trouxe outra, que se encaixou perfeitamente. Primeiro ele me cavalgou devagar, depois num trote, depois num meio-galope, e, quando estávamos no campo, ele me deu um leve toque com o chicote e seguimos num galope esplêndido.

— Ôo, ôo, meu garoto! — disse ele, enquanto me freava. — Acho que você quer correr com os cães.

Ao voltarmos pelo parque da propriedade, encontramos o sr. e a sra. Gordon passeando a pé. Eles pararam e John apeou.

— E então, John? Que tal o cavalo?

— É de primeira classe, senhor. É veloz como um cervo e tem muito ânimo, mas o mais leve toque da rédea é capaz de guiá-lo. No final da estrada, encontramos uma daquelas carroças apinhadas de cestos, tapetes e coisas do gênero. O senhor sabe que muitos cavalos não passam por essas carroças sem se exaltar, mas ele só deu uma boa olhada nela e seguiu em frente com a maior tranquilidade. Alguém estava caçando coelhos perto de Highwood, e uma arma disparou perto de nós; ele ergueu um pouco a cabeça e olhou, mas não desviou nem um único passo à direita nem à esquerda. Eu só segurei as rédeas e não o apressei, e em minha opinião ele não foi assustado nem maltratado quando era jovem.

— Excelente. Vou cavalgá-lo amanhã.

No dia seguinte, fui levado para meu mestre. Lembrei-me do conselho de minha mãe e do meu bom e velho mestre, tentando fazer exatamente o que ele queria que eu fizesse. Percebi que era um ótimo cavaleiro, além de atencioso com seu cavalo. Quando ele voltou para casa, a senhora o recebeu à porta:

— Bom, meu querido, o que achou dele?

— É exatamente como John disse. Nunca cavalguei criatura mais agradável. Que nome daremos a ele?

— Que tal Ébano? — sugeriu ela. — Ele é preto como ébano.

— Não, Ébano, não.

— Vai chamá-lo de Graúna, como o velho cavalo do seu tio?

— Não, ele é muito mais bonito do que o velho Graúna.

— É, sim, uma beleza mesmo, e tem uma carinha tão doce e amigável, e uns olhos tão belos e inteligentes... Que tal chamá-lo de Beleza Negra?

— Beleza Negra... Ora, sim, acho que é um ótimo nome. Se você quiser, será o nome dele. — E assim foi.

Quando John entrou no estábulo, ele disse a James que o patrão e a patroa haviam escolhido um nome bom e sensato para mim, que significava alguma coisa na nossa língua, não Marengo, Pegasus ou Abdallah. Os dois riram, e James comentou:

— Se isso não fosse trazer de volta o passado, eu o chamaria de Rob Roy, pois nunca vi dois cavalos mais parecidos.

— Não é de admirar — disse John. — Não sabia que a velha Duquesa do fazendeiro Grey é a mãe dos dois?

Eu nunca tinha ouvido falar disso. Então, o pobre Rob Roy, que foi morto naquela caçada, era meu irmão! Não me admirava que minha mãe tivesse ficado tão aflita. Parece que os cavalos não têm parentes; pelo menos, eles nunca se reconhecem depois de serem vendidos.

John parecia ter muito orgulho de mim. Escovava minha crina e minha cauda até ficarem quase tão lustrosas quanto os cabelos de uma dama e falava comigo o tempo todo. Claro que eu não entendia tudo o que ele dizia, mas aos poucos eu aprendia o que ele queria dizer e o que gostaria que eu fizesse. Afeiçoei-me a ele por ser tão bondoso e gentil; parecia saber exatamente o que os cavalos sentem e, quando me limpava, sabia onde eu era mais sensível e onde sentia cócegas; quando escovava minha cabeça, passava a escova sobre meus olhos com o mesmo cuidado que teria com os dele, e nunca me deixava irritado.

James Howard, o ajudante de cavalariço, era igualmente gentil e agradável à sua maneira. Assim, eu vivia muito bem. Havia outro homem que trabalhava no pátio, mas ele não tinha muito a ver comigo e com Gengibre.

Alguns dias depois, tive que sair com Gengibre na carruagem. Fiquei imaginando como nos sairíamos, mas, a não ser por deitar as orelhas para trás quando fui levado até ela, Gengibre se comportou muito bem. Ela se empenhou no trabalho e fez tudo o que lhe cabia, e eu não poderia ter desejado uma parceira melhor nas rédeas. Quando chegávamos a um morro, em vez de diminuir o passo, ela jogava o próprio peso contra a coalheira e subia de uma vez. Ambos tínhamos o mesmo tipo de tenacidade no trabalho, e John precisava nos conter com mais frequência do que nos incentivar a seguir em frente. Ele nunca tinha que usar o chicote conosco. Seguíamos praticamente no mesmo ritmo, e eu tinha facilidade para acompanhá-la ao trotar, o que tornava tudo agradável, e o mestre sempre gostava quando mantínhamos o ritmo, assim como John. Depois de sairmos juntos duas ou três vezes, ficamos mais sociáveis e fizemos amizade, o que me deixou muito à vontade.

Quanto a Passoleve, logo nos tornamos grandes amigos; ele era um camaradinha tão alegre, corajoso e bem-humorado que era o favorito de todas as pessoas, principalmente das srtas. Jessie e Flora, que o levavam para cavalgar no pomar e brincavam com ele e seu cachorrinho Traquina.

O mestre tinha mais dois cavalos, que ficavam em outro estábulo. Um deles era Meritíssimo, um cavalo ruão e robusto, usado para cavalgar e para puxar a carroça de carga. O outro era um velho cavalo de caça castanho chamado Sir Oliver. Já estava aposentado das caçadas, mas era um dos favoritos do mestre, que corria com ele pelo parque, e, às vezes, puxava carroças leves na propriedade ou carregava uma das meninas quando elas cavalgavam com o pai, pois era delicado e tão adequado para as crianças quanto Passoleve. Meritíssimo era um cavalo forte, vigoroso e dócil, e às vezes conversávamos um pouco no pátio, mas com certeza eu não tinha tanta intimidade com ele quanto com Gengibre, que dividia comigo o estábulo.

6

Liberdade

Eu era muito feliz em meu novo lar e, se sentia falta de alguma coisa, não pense que era por estar descontente; todas as pessoas que conviviam comigo eram boas, eu tinha um estábulo leve e arejado e a melhor comida. O que mais poderia querer? Ora, liberdade! Por três anos e meio de minha vida, eu tivera toda a liberdade que poderia querer, mas agora, semana após semana, mês após mês e, sem dúvida, ano após ano, tinha que ficar num estábulo dia e noite, a não ser quando era solicitado, e nesse caso deveria ficar tão firme e tranquilo quanto qualquer cavalo velho que tivesse trabalhado por vinte anos. Correias aqui e acolá, um bridão na boca e antolhos nos olhos. Saiba que não estou reclamando, pois sei que precisa ser assim. Só quero dizer que, para um cavalo jovem, cheio de força e ânimo, acostumado a um grande campo ou planície onde se pode levantar a cabeça, balançar o rabo e galopar a toda velocidade, depois virar-se e voltar bufando até os companheiros, é difícil nunca mais ter um pouco de liberdade para fazer o que

quiser. Às vezes, quando fazia menos exercícios do que de costume, eu me sentia tão cheio de vida e vigor que, quando John me levava para me exercitar, não conseguia ficar quieto; fazia o que queria, sentindo que precisava pular, ou dançar, ou me empinar, e sei que devo ter dado muito trabalho a John, principalmente no começo, mas ele sempre foi bondoso e paciente.

— Calma, calma, garoto — dizia ele. — Espere um pouco, já vamos dar uma bela cavalgada e tirar essa comichão dos seus cascos.

Então, assim que saíamos da vila, ele me deixava seguir num trote ligeiro por alguns quilômetros e depois me trazia de volta, tão bem disposto quanto antes, mas "sem o bicho-carpinteiro", como ele dizia. Há quem chame os cavalos muito animados, que não se exercitaram o bastante, de ariscos, quando na verdade estão só brincando, e há cavalariços que os castigam. Mas nosso John não fazia isso; ele sabia que era só brincadeira. Mesmo assim, tinha suas próprias maneiras de me fazer entender, pelo tom da voz ou pelo toque das rédeas. Eu sempre percebia por sua voz se ele estava muito sério e determinado, e ela exercia mais poder sobre mim do que qualquer outra coisa, pois eu gostava muito dele.

Preciso contar que às vezes tínhamos algumas horas de liberdade, geralmente no verão, em belos dias de domingo. A carruagem nunca saía aos domingos, porque a igreja era perto.

Era um grande prazer quando ficávamos soltos no pátio ou no velho pomar; o capim era tão fresco e macio debaixo das nossas patas, o ar, tão doce, e a liberdade de fazer o que quiséssemos era maravilhosa — galopar, deitar e rolar de costas ou mordiscar o capim. Era uma boa hora para conversar, pois ficávamos juntos à sombra de um grande castanheiro.

7

Gengibre

Um dia, quando Gengibre e eu estávamos sozinhos na sombra, tivemos uma longa conversa; ela queria saber tudo sobre minha criação e minha doma, e eu contei.

— Bom — disse ela —, se eu tivesse recebido sua criação, poderia ser dócil como você, mas agora creio que jamais serei.

— Por quê?

— Porque comigo tudo foi muito diferente. Nunca tive ninguém, cavalo ou homem, que fosse bom para mim ou que eu quisesse agradar, porque em primeiro lugar fui separada de minha mãe assim que fui desmamada, e me deixaram com um bando de outros potros. Nenhum deles gostava de mim, e eu não gostava de nenhum deles. Não tive nenhum mestre gentil como o seu para cuidar de mim, falar comigo e me dar coisas boas para comer. O homem que tratava de nós nunca me disse uma única palavra de carinho. Não digo que tenha me maltratado, mas não fez nada além de cuidar para que tivéssemos o que comer e onde nos abrigar no inverno. Havia uma trilha no nosso pasto, e muitas vezes uns meninos crescidos que passavam por ali jogavam pedras para nos fazer correr. Nunca me atingiram, mas um belo potro ganhou um corte grande no rosto, e acho que ficou com a cicatriz pelo resto da vida. Não gostávamos dos meninos, e essas atitudes nos deixavam mais ariscos; decidimos que eles eram nossos inimigos. Brincávamos muito nos campos abertos, galopando para lá e para cá e perseguindo uns aos outros; depois, parávamos à sombra das árvores. Mas, quanto à doma, foi uma época difícil para mim. Vários homens vieram me pegar e, quando finalmente me cercaram num canto do campo, um deles me segurou pelo topete e outro me agarrou pelo nariz e o segurou com tanta força que mal consegui respirar; depois, outro segurou meu queixo com a mão áspera e abriu minha boca à força, e puseram o cabresto e a barra em minha boca; por último, um deles me arrastou pelo cabresto e outro veio atrás, me açoitando. E essa foi a primeira vez que senti a gentileza dos homens; foi tudo à força. Nem mesmo me deram a chance de entender o que queriam. Eu era bem-nascida, tinha muito ânimo e era selvagem, sem dúvida, e me atrevo a dizer que lhes dei muito trabalho, mas era terrível ser trancada num estábulo dia após dia em vez de exercer minha liberdade. Eu ficava angustiada e ansiosa e queria que me libertassem. Você sabe que já é bem ruim quando se tem um mestre gentil e afetuoso, mas não tive nada disso.

"Havia uma pessoa, o velho mestre, sr. Ryder, que, acredito, teria conseguido me amansar e fazer qualquer coisa comigo, mas havia deixado todo o trabalho duro do negócio para o filho e para outro homem experiente, e só aparecia às vezes para supervisionar o que faziam. O filho era um homem forte, alto e valente; as pessoas o chamavam de Samson, e ele costumava se gabar de nunca ter encontrado um cavalo capaz de derrubá-lo. Ao contrário do pai, não havia nenhum traço de bondade nele, apenas severidade: voz severa, olhar severo, mão severa, e senti desde o princípio que o que ele queria era esgotar todo o meu ânimo e fazer de mim apenas uma peça de carne de cavalo quieta, humilde e obediente. Carne de cavalo! Sim, ele só pensava nisso."

E Gengibre bateu o casco como se bastasse pensar nele para ficar furiosa. Depois, continuou:

— Se eu não fizesse exatamente o que ele queria, ele se zangava e me fazia correr em círculos com aquela guia longa no campo de treinamento, até me cansar. Acho que ele bebia muito e tenho certeza de que, quanto mais bebia, pior para mim. Um dia, ele me fez trabalhar de todas as maneiras possíveis e, quando me deitei, estava cansada, triste e zangada; tudo era tão difícil. Na manhã seguinte, ele veio me buscar cedo e me fez correr de novo por um bom tempo. Eu mal tinha descansado por uma hora quando ele voltou com uma sela, uma cabeçada e um novo tipo de embocadura: um freio. Nem sei dizer exatamente como aconteceu; ele tinha acabado de montar em mim no campo de treinamento quando alguma coisa que fiz o irritou e ele deu um puxão forte nas rédeas. O freio me machucou muito e eu me empinei de repente, o que o irritou ainda mais, e ele começou a me açoitar. Senti todo o meu ânimo se voltar contra ele e comecei a dar coices, a pular e a me empinar como nunca, e tivemos uma luta de verdade. Ele ficou na sela por um bom tempo e me castigou sem dó com o chicote e as esporas, mas meu sangue fervia de raiva, e nada do que ele fizesse importava se ao menos conseguisse derrubá-lo. Por fim, depois dessa luta terrível, consegui jogá-lo para trás. Eu o ouvi cair com um baque no chão e, sem olhar para trás, corri para o outro lado do campo. Lá, me virei e vi meu perseguidor se levantar lentamente e entrar no estábulo. Fiquei parada embaixo de um carvalho, atenta, mas ninguém veio me buscar. O tempo passou; o sol ficou muito quente, as moscas enxamearam em volta de mim e pousaram em meus flancos ensanguentados, onde as esporas haviam se cravado. Tive fome, pois não comia desde o começo da manhã, mas naquele campo não havia capim suficiente nem

para alimentar um ganso. Eu queria me deitar e descansar, mas, com a sela bem presa, não havia conforto. Também não havia uma gota d'água para beber. A tarde passou e o sol baixou. Vi os outros potros serem levados ao estábulo e sabia que eles estavam fazendo uma boa refeição.

"Por fim, quando o sol se pôs, vi o velho mestre sair com uma peneira na mão. Era um senhor distinto, de cabelos bem brancos, mas eu reconheceria sua voz entre milhares. Não era aguda nem grave, mas forte, nítida e gentil, e, quando ele dava ordens, era tão firme e decidida que todos sabiam, tanto os cavalos quanto os homens, que esperava obediência. Ele veio em silêncio, balançando de vez em quando a aveia que trazia na peneira e falando num tom alegre e gentil: 'Venha, menina, venha, menina. Venha, venha'.

"Continuei parada e o deixei se aproximar; ele me ofereceu a aveia e comecei a comer sem medo, pois sua voz eliminara todo o meu temor. Ele ficou lá, dando-me tapinhas e afagos enquanto eu comia. Ao ver o sangue coagulado em meu corpo, ficou muito contrariado. 'Pobrezinha! Foi maldade, muita maldade.' Ele pegou as rédeas com calma e me levou até o estábulo; à porta, estava Samson. Baixei as orelhas para trás e rilhei os dentes para ele. 'Dê passagem', disse o mestre, 'e fique longe dela; você fez um serviço péssimo com esta potranca.'

"Samson resmungou alguma coisa sobre um 'animal ruim', mas o pai respondeu: 'Escute bem: um homem bruto nunca fará um cavalo dócil. Você ainda não aprendeu seu ofício, Samson'.

"Ele me levou para a minha baia, tirou a sela e a cabeçada com as próprias mãos e me amarrou; depois, mandou trazer um balde de água morna e uma esponja, tirou o casaco e, enquanto o cavalariço segurava o balde, esfregou a esponja em meu corpo por um bom tempo, com tanta ternura que tive certeza de que ele sabia como eu estava dolorida e machucada.

"'Ôa, minha linda', disse ele. 'Fique quietinha, quietinha.' Sua voz me fez bem, e o banho foi muito reconfortante.

"A pele dos cantos da minha boca estava tão ferida que não consegui comer o feno, porque os talos me machucavam. Ele olhou os ferimentos com atenção, balançou a cabeça e mandou o homem trazer um bom mingau de farelo com um pouco de farinha. Como estava gostoso aquele mingau! Tão macio que ajudou a curar minha boca. Ele ficou comigo o tempo todo enquanto eu comia, afagando-me e conversando com o homem, e disse:

"'Se uma criatura impetuosa como esta não puder ser domada com um método justo, ela nunca servirá para nada.'

"Depois disso, ele veio me ver muitas vezes e, quando minha boca ficou curada, o outro domador, que se chamava Job, passou a me treinar; ele era firme e atencioso, e logo entendi o que ele queria."

8

A história de Gengibre continua

Quando Gengibre e eu nos encontramos de novo no pátio, ela me contou sobre seu primeiro trabalho:

— Depois da minha doma, fui comprada por um revendedor para combinar com outro cavalo alazão. Ele nos conduziu juntos por algumas semanas, depois nos vendeu a um cavalheiro elegante, e fomos mandados para Londres. Eu tinha sido conduzida com gamarras pelo revendedor e detestava isso mais do que qualquer outra coisa, mas nesse novo lugar fomos atrelados com ainda mais rigidez, porque o cocheiro e seu mestre achavam que assim ficávamos mais elegantes. Éramos conduzidos com frequência em passeios pelo parque e outros lugares da moda. Você, que nunca usou gamarras, não sabe o que é, mas posso garantir que é horrível.

"Gosto de virar a cabeça para os lados e erguê-la tão alto quanto qualquer outro cavalo, mas imagine que você erguesse a cabeça bem alto e fosse obrigado a mantê-la ali, por horas seguidas, incapaz de movimentá-la a não ser ainda mais para o alto, seu pescoço doendo até você não aguentar mais. Além disso, em vez de uma, havia duas barras em minha embocadura — e eram afiadas, machucavam minha língua e minha mandíbula, e meu sangue tingia a espuma que vertia dos meus lábios enquanto essas barras e as rédeas me esfolavam e afligiam. Era pior quando tínhamos que ficar horas esperando por nossa mestra em alguma grande festa ou evento, e, se eu me remexesse ou batesse os cascos por impaciência, lá vinha o chicote. Era de enlouquecer qualquer um."

— Seu mestre não se importava com você? — perguntei.

— Não, a única preocupação dele era ter uma aparência moderna, como dizem. Acho que ele não sabia quase nada sobre cavalos, pois deixava tudo para o cocheiro, que disse a ele que eu era irritadiça! Que eu não tinha sido bem treinada para usar a gamarra, mas logo me acostumaria. Mas ele não era capaz de fazer isso, pois, quando eu estava no estábulo, triste e zangada, em vez de me acalmar e tranquilizar com gentileza, ele só me atirava palavras grosseiras ou golpes. Se ele fosse cortês, eu teria tentado aguentar. Estava disposta a trabalhar, e trabalhar muito, mas ser atormentada por puro capricho me enfurecia. Que direito eles tinham de me fazer sofrer assim? Além da dor na boca e no pescoço, eu estava sempre com uma sensação ruim na traqueia, e, se tivesse passado muito tempo naquele lugar, sei que teria prejudicado minha respiração. Mas fiquei cada vez mais irrequieta e irritada, pois não conseguia evitar, e comecei a morder e dar coices quando alguém vinha me pôr o arreio. Por isso, o cavalariço me batia, e um dia, quando tinham acabado de nos atrelar à carruagem e estavam forçando minha cabeça com a gamarra, comecei a pular e escoicear com toda a força. Logo quebrei boa parte do arreio e me libertei, e esse foi o fim daquele trabalho.

"Depois disso, fui mandada para a casa de leilões de Tattersall para ser vendida. É óbvio que ninguém podia garantir que eu me comportaria bem, por isso, não disseram nada a respeito.

Minha bela aparência e boa andadura logo levaram um cavalheiro a fazer uma oferta por mim, e fui comprada por outro revendedor. Ele experimentou me cavalgar de todas as maneiras e com embocaduras diferentes, e logo descobriu o que eu não suportava. Por fim, ele me conduziu sem a gamarra e depois me vendeu como uma égua perfeitamente tranquila a um cavalheiro do interior. Era um bom mestre, e estávamos nos dando muito bem, mas seu antigo cavalariço foi embora e ele contratou um novo. Esse homem era tão rude e severo quanto Samson. Sempre falava com voz ríspida e impaciente, e, se eu não me mexesse dentro da baia na hora que ele queria, ele me batia acima dos jarretes com uma vassoura ou um forcado, o que estivesse à mão. Tudo o que ele fazia era rude, e passei a odiá-lo. Ele queria que eu tivesse medo dele, mas eu era impetuosa demais para isso e, um dia, quando ele me importunou mais do que de costume, eu o mordi, o que obviamente o deixou furioso, e ele começou a bater em minha cabeça com um chicote de montaria. Depois disso, nunca mais se atreveu a entrar em minha baia, pois meus cascos e dentes estavam prontos para recebê-lo, e ele sabia disso. Eu ficava muito tranquila com meu mestre, mas é claro que ele deu ouvidos àquele homem, e fui vendida outra vez.

"O mesmo revendedor ouviu falar do meu caso e disse acreditar que conhecia um lugar onde eu ficaria bem.

"'É uma pena que uma égua tão boa tenha se comportado mal por falta de bom manejo', disse ele.

"O resultado é que vim para cá pouco antes de você, mas já havia decidido que os homens eram meus inimigos naturais e que precisava me defender. A vida aqui é muito diferente, mas quem sabe quanto tempo vai durar? Eu gostaria de ter a mesma opinião que você tem sobre as coisas, mas, depois de tudo o que passei, não consigo."

— Bom, acho que seria uma pena se você mordesse ou desse um coice em John ou James.

— Não pretendo fazer isso enquanto eles forem bons para mim. Uma vez, mordi James com muita força, mas John disse:

"Trate-a com carinho", e, em vez de me castigar como eu esperava, James veio até mim com o braço enfaixado, trouxe mingau de farelo e me afagou, e nunca mais tentei mordê-lo, nem tentarei.

Tive pena de Gengibre, mas é claro que na época eu sabia muito pouco e pensei que ela provavelmente estava exagerando; no entanto, descobri que, com o passar das semanas, ela ficou muito mais gentil e alegre, e perdeu o olhar vigilante e rebelde que costumava lançar a qualquer pessoa estranha que se aproximasse. Um dia, James disse:

— Acho que essa égua está mesmo se afeiçoando a mim. Hoje de manhã, ela relinchou várias vezes para mim depois que cocei a testa dela.

— Isso mesmo, Jim, são as "bolas de Birtwick" — disse John. — Logo ela estará tão boa quanto Beleza Negra. Só precisa de gentileza, coitadinha!

O mestre também notou a mudança e, um dia, quando desceu da carruagem e veio falar conosco, como sempre fazia, acariciou o lindo pescoço dela.

— Bom, minha linda, como está? Como vão as coisas? Acho que você está bem mais feliz do que quando chegou aqui.

Ela ergueu o nariz para ele de maneira amigável e confiante, enquanto ele o coçava com delicadeza, dizendo:

— Vamos fazê-la sarar, John.

— Sim, senhor. Ela já teve uma grande melhora e não é mais a criatura de antes. São "as bolas de Birtwick" — respondeu John, rindo.

Era uma piadinha que ele gostava de fazer. Dizia que uma oferta regular de "bolas de cavalo de Birtwick" curava praticamente qualquer cavalo feroz. Essas bolas, afirmava ele, eram feitas de paciência e gentileza, firmeza e carinho, meio quilo de cada uma misturado com meio litro de bom senso, e dadas ao cavalo todos os dias.[3]

---

3 Possível referência a brinquedos em forma de bola, recheados com alimentos e oferecidos aos cavalos para que brinquem até extraírem a comida. [N. T.]

9

Passoleve

O sr. Blomefield, o vigário, tinha uma grande família de meninos e meninas que, às vezes, vinham brincar com as srtas. Jessie e Flora. Uma das meninas tinha a idade da srta. Jessie; dois dos meninos eram mais velhos, e havia vários pequeninos. Quando eles chegavam, davam muito trabalho para Passoleve, pois nada os deixava mais felizes do que montar nele, um de cada vez, e cavalgar por todo o pomar e pelo pátio da mansão, e assim passavam as horas juntos.

Uma tarde, ele passou muito tempo fora e, quando James o levou para o estábulo e colocou seu cabresto, disse:

— Pronto, seu bandidinho. Trate de se comportar, senão, teremos problemas.

— O que andou fazendo, Passoleve? — perguntei.

— Ah! — Ele balançou a cabeça. — Só dei uma lição àquelas crianças. Elas não souberam quando parar, nem quando eu quis parar, então, simplesmente as joguei no chão. Foi a única coisa que as fez entender.

— O quê? Você derrubou as meninas? Achei que fosse mais sensato! Derrubou a srta. Jessie ou a srta. Flora?

— É claro que não! — respondeu, indignado. — Eu não faria tal coisa nem pela melhor aveia que já entrou neste estábulo. Ora, sou tão cuidadoso com nossas meninas quanto o próprio mestre seria, e, quanto aos pequeninos, sou eu quem os ensina a montar. Quando ficam amedrontados ou um pouco inseguros nas minhas costas, ando com os mesmos passos lentos e leves que a velha gata dá quando vai atrás de um pássaro, e quando eles estão bem eu ando mais rápido, sabe, apenas para que se acostumem. Portanto, não se dê ao trabalho de me passar sermão. Sou o melhor amigo e o melhor mestre de equitação que aquelas crianças têm. Não são elas, são os meninos. Os meninos... — ele balançou a crina — ... são muito diferentes. Precisam ser domados, assim como nós quando éramos potros, e aprender o que é bom. As outras crianças já tinham me cavalgado por quase duas horas, e depois os meninos acharam que era a vez deles, e assim foi, e eu aceitei de boa vontade. Eles me cavalgaram um por vez, e eu galopei, indo para lá e para cá pelo campo e por todo o pomar, por uma hora inteira. Cada um deles cortou uma grande vara de aveleira para fazer de chicote de montaria e a usou em mim com mais força do que deveria, mas aceitei na maior parte do tempo, até que, finalmente, achei que aquilo já havia passado do limite e parei duas ou três vezes para dar a entender que bastava. Veja você, os meninos acham que um cavalo ou pônei é como uma locomotiva ou uma debulhadora, que pode trabalhar no tempo e na velocidade que eles quiserem, e nunca pensam que um pônei pode se cansar ou ter sentimentos. Portanto, como aquele que estava me chicoteando não conseguia entender, eu me levantei nas patas traseiras e o deixei escorregar para o chão. Só isso. Ele montou outra vez e eu fiz a mesma coisa. Depois, o outro garoto montou e, assim que começou a usar a vara, eu o atirei na grama, e assim por diante, até que eles entenderam... Foi só isso. Não são meninos maus e não têm má intenção. Gosto muito deles, mas

entenda que precisei ensinar-lhes uma lição. Quando eles me levaram para James e contaram tudo, acho que ele ficou muito zangado ao ver varas tão grandes. Ele disse que elas só serviam para vaqueiros e ciganos, não para jovens cavalheiros.

— Se eu fosse você, teria dado um bom coice naqueles meninos, e isso, sim, teria ensinado uma lição a eles — disse Gengibre.

— Tenho certeza de que você faria isso — respondeu Passoleve. — Mas, se me dá licença, não sou tolo a ponto de irritar nosso mestre nem de fazer James ter vergonha de mim. Além disso, quando aquelas crianças cavalgam, ficam aos meus cuidados; afirmo que são confiadas a mim. Ora, ainda outro dia ouvi nosso mestre dizer à sra. Blomefield: "Minha cara senhora, não precisa se preocupar com as crianças. Meu velho Passoleve vai cuidar delas tanto quanto a senhora ou eu. Garanto-lhe que não venderia aquele pônei por dinheiro algum, pois ele é perfeitamente dócil e confiável". Acha que sou uma besta ingrata a ponto de esquecer todo o tratamento gentil que recebi aqui por cinco anos, e toda a confiança que eles depositam em mim, e ser agressivo porque dois meninos ignorantes me maltrataram? Não e não! Você nunca viveu num lugar bom onde as pessoas fossem gentis com você, então, não sabe, e lamento muito por você. Mas garanto que um bom lugar cria um bom cavalo. Eu não irritaria nossa gente por nada. Amo todos eles, amo muito — declarou Passoleve, e fez um "ho, ho, ho!" grave pelo nariz, como fazia de manhã quando ouvia os passos de James diante da porta.

— Além disso — continuou —, se eu começasse a dar coices, onde iria parar? Ora, seria vendido num instante, e sem reputação, e poderia acabar escravizado por um açougueiro, ou trabalhar até a morte em algum fim de mundo onde ninguém se importasse comigo, a menos que quisessem descobrir a que velocidade consigo correr, ou puxar uma carroça debaixo de açoite com três ou quatro grandalhões saindo para uma farra de domingo, como já vi muitas vezes no lugar onde morei antes de vir para cá. Não. — Ele balançou a cabeça. — Espero nunca chegar a esse ponto.

10

Uma conversa no pomar

Gengibre e eu não éramos daquela raça de cavalos altos que geralmente puxam as carruagens; tínhamos mais sangue de cavalo de corrida. Tínhamos cerca de um metro e meio de altura na cernelha; éramos, portanto, tão bons para cavalgar quanto para puxar carroças. Nosso mestre geralmente dizia que não gostava de cavalos nem de homens que só soubessem fazer uma coisa, e, como não queria se exibir nos parques de Londres, preferia um tipo de cavalo mais ativo e útil. Quanto a nós, nosso maior prazer era quando recebíamos as selas para cavalgar em grupo. O mestre ia montado em Gengibre, a mestra em mim e as meninas em Sir Oliver e Passoleve. Trotar e galopar juntos era uma felicidade tal que sempre nos deixava animados. Eu ficava com a melhor parte, pois sempre levava a mestra; ela não pesava muito, sua voz era doce e sua mão era tão leve nas rédeas que eu era conduzido quase sem perceber.

Ah! Se as pessoas soubessem o conforto que uma mão leve dá para os cavalos, e como ela mantém a boca saudável e a docilidade, com certeza não dariam puxões nem solavancos nas rédeas como costumam fazer. Nossas bocas são tão sensíveis que, se não forem danificadas nem endurecidas pelos maus-tratos ou pela ignorância, sentirão o menor movimento da mão do condutor, e saberemos num instante o que se espera de nós. Minha boca nunca havia sido danificada, e acredito que era por isso que a mestra me preferia a Gengibre, embora a andadura dela com certeza fosse tão boa quanto a minha. Muitas vezes, ela sentia inveja de mim e dizia que era por culpa de sua doma, e daquele freio levantador em Londres, que sua boca não era tão perfeita quanto a minha. Nessas horas, o velho Sir Oliver dizia:

— Tudo bem, tudo bem! Não se irrite, pois você recebeu a maior honra: uma égua que consegue carregar um homem alto com o peso de nosso mestre, com toda a sua agilidade e o seu vigor, não precisa ficar triste por não carregar a mestra. Nós, cavalos, devemos aceitar as coisas como são e estar sempre contentes e dispostos, desde que nos tratem com gentileza.

Muitas vezes fiquei pensando como é que a cauda de Sir Oliver podia ser tão curta; na verdade, tinha apenas dezesseis ou dezessete centímetros de comprimento, com um tufo de cabelo pendurado. Numa de nossas folgas no pomar, eu me arrisquei a perguntar em que tipo de acidente ele havia perdido a cauda.

— Acidente! — bufou ele com um olhar feroz. — Não foi acidente! Foi um ato cruel e vergonhoso, executado a sangue-frio! Quando eu era pequeno, fui levado a um lugar onde essas coisas perversas aconteciam. Fui preso e amarrado de modo que não conseguisse me mexer; depois, vieram cortar minha cauda linda e longa, atravessando a carne e o osso, e a levaram embora.

— Que coisa horrível! — exclamei.

— Horrível? Foi, sim, mas não foi só a dor, embora tenha sido terrível e durado muito tempo; não foi só a humilhação de ver meu melhor ornamento ser tirado de mim, embora isso já fosse muito ruim. A maior aflição era: agora, como eu poderia afastar as moscas dos meus flancos e das patas traseiras? Você, que tem cauda, só precisa abaná-la para afastar as moscas sem nem pensar a respeito, e não imagina que tormento é vê-las pousar em você, picar e ferroar, e não ter nada com que atacá-las. Eu afirmo que é uma injustiça vitalícia e uma perda vitalícia, mas, graças aos céus, as pessoas não fazem mais isso.

— Por que faziam naquela época? — perguntou Gengibre.

— Porque era moda! — respondeu o velho cavalo, batendo o casco. — Era moda! Seja lá o que isso signifique. Na minha época, não havia nenhum cavalo jovem e bem-nascido a quem não cortassem a cauda daquela forma vergonhosa, como se o bom Deus que nos criou não soubesse o que queríamos e o que dava a melhor aparência.

— Imagino que seja a tal moda que os faz prender nossa cabeça com aqueles freios horríveis com que fui torturada em Londres — disse Gengibre.

— Claro que é. Na minha opinião, a moda é uma das coisas mais perversas do mundo. Agora, vejam, por exemplo, a maneira como eles tratam os cães, cortando as caudas para que pareçam valentes e também as lindas orelhinhas a fim de fazer com que fiquem pontudas. Uma vez, tive uma amiga muito querida, uma terrier marrom. Seu nome era Skye, e ela gostava tanto de mim que sempre dormia na minha baia, acomodada debaixo do cocho, e lá teve a ninhada dos cinco cachorrinhos mais bonitos que já vi. Nenhum deles foi afogado, pois eram de uma raça valiosa, e como ela ficou feliz com eles! Quando abriram os olhos e começaram a rastejar, foi uma visão muito bonita, mas um dia o homem veio e levou todos embora. Achei que ele tivesse medo de que eu pisoteasse os pobrezinhos. Mas não foi por isso; à noite, a pobre Skye os trouxe de volta, um por um, pendurados na boca, não felizes como antes, mas sangrando e chorando dolorosamente. Um pedaço da cauda de todos havia sido cortado, assim como a ponta mole das lindas orelhinhas.

Como a mãe os lambeu, e como ficou aflita, pobrezinha! Eu nunca me esqueci. Com o tempo, eles sararam e esqueceram a dor, mas a ponta mole, que naturalmente se destinava a proteger a parte delicada das orelhas contra poeira e ferimentos, desapareceu para sempre. Por que não cortam as orelhas dos próprios filhos para deixá-las pontudas? Por que não cortam a ponta do próprio nariz para parecerem valentes? Uma coisa seria tão razoável quanto a outra. Que direito eles têm de atormentar e desfigurar as criaturas de Deus?

Sir Oliver, embora fosse tão gentil, era um sujeito impetuoso, e o que ele disse era tão novo para mim, e tão terrível, que descobri um sentimento amargo em relação aos homens surgindo em minha mente como nunca antes. É claro que Gengibre ficou exaltada; ela levantou a cabeça com os olhos faiscantes e as narinas dilatadas, declarando que os homens eram brutos e estúpidos.

— Quem está falando de estúpidos? — disse Passoleve, que acabara de vir da velha macieira, onde estivera se coçando encostado a um galho baixo. — Quem está falando de estúpidos? Acho que essa palavra é ruim.

— As palavras ruins foram feitas para as coisas ruins — respondeu Gengibre, e contou a ele o que Sir Oliver dissera.

— É tudo verdade — admitiu Passoleve, triste. — E vi isso ser feito com muitos cães no primeiro lugar onde morei. Mas não vamos falar sobre isso aqui. Vocês sabem que o mestre, John e James são sempre bons para nós, e criticar os homens num lugar como este parece injustiça ou ingratidão, e vocês sabem que existem bons mestres e bons cavalariços além dos nossos, embora, é claro, os nossos sejam os melhores.

Esse discurso sábio do bom Passoleve, que sabíamos ser bem verdade, tranquilizou a todos, principalmente Sir Oliver, que gostava muito de seu mestre. Para mudar de assunto, eu disse:

— Alguém pode me dizer para que servem os antolhos?

— Não! — respondeu Sir Oliver de uma vez. — Porque não servem para nada.

— Espera-se que sirvam para impedir que os cavalos se espantem e recuem, e que fiquem com medo a ponto de causar acidentes — disse Meritíssimo, o cavalo ruão, à sua maneira calma.

— Então, por que razão não colocam antolhos nos cavalos de montaria, principalmente os das damas? — perguntei.

— Não há razão nenhuma, a não ser a moda. Dizem que os cavalos ficariam tão amedrontados ao ver as rodas da sua própria carroça ou carruagem indo atrás deles que com certeza fugiriam, embora, é claro, quando alguém monta nos cavalos, eles vejam todas as rodas nas ruas ao redor. Admito que às vezes elas chegam perto demais e isso é desagradável, mas não fugimos. Estamos acostumados e entendemos o que são, e, se nunca tivéssemos usado antolhos, nunca precisaríamos deles. Veríamos o que existe ao nosso redor, saberíamos o que é cada coisa e teríamos muito menos medo ao ver só algumas partes das coisas que não conseguimos entender. É claro que pode haver alguns cavalos nervosos que foram feridos ou amedrontados quando eram pequenos e, para estes, talvez seja melhor usar os antolhos. Mas, como nunca fui nervoso, não posso julgar.

— Creio que os antolhos sejam perigosos à noite — disse Sir Oliver. — Nós, cavalos, enxergamos muito melhor na escuridão do que os homens, e muitos acidentes jamais teriam acontecido se os cavalos pudessem usar seus olhos por completo. Lembro que, alguns anos atrás, um carro funerário voltava com dois cavalos numa noite escura, e bem perto da casa do fazendeiro Sparrow, onde há um lago próximo da estrada, as rodas se aproximaram demais da margem e o carro funerário caiu na água. Os dois cavalos morreram afogados e o cocheiro quase não escapou com vida. É claro que, depois desse acidente, ergueram lá aquela barreira branca e firme, fácil de avistar, mas, se os cavalos não estivessem parcialmente cegos, teriam conseguido ficar mais distantes da margem e evitado o acidente. Quando a carruagem de nosso mestre caiu, antes de você vir para cá, disseram que, se a lâmpada do lado esquerdo não tivesse se apagado, John teria visto o grande buraco que os construtores de estradas haviam deixado. E poderia ter visto mesmo, mas, se o velho Colin não estivesse usando antolhos, teria visto o buraco com ou sem lâmpada, pois era um cavalo experiente demais para correr rumo ao perigo. Do modo como tudo aconteceu, ele ficou muito ferido, a carruagem se quebrou e ninguém entendeu como John escapou com vida.

Gengibre torceu o nariz.

— Devo dizer que esses homens, que são tão sábios, deveriam ordenar que, no futuro, todos os potros nascessem com os olhos bem no meio da testa, em vez de nos lados da cabeça — disse ela. — Eles sempre acham que podem melhorar a natureza e consertar o que Deus fez.

A conversa havia ficado triste mais uma vez quando Passoleve ergueu o rostinho inteligente e disse:

— Vou lhes contar um segredo: acredito que John não aprove os antolhos, porque um dia o ouvi falar sobre isso com o mestre. O mestre disse que, "se os cavalos estiverem acostumados com eles, pode ser perigoso tirá-los em alguns casos", e John respondeu que achava que seria bom se todos os potros fossem domados sem antolhos, como acontece em alguns países estrangeiros. Portanto, animem-se! Vamos correr até a outra ponta do pomar. Acho que o vento derrubou algumas maçãs, e podemos comê-las em vez de deixar tudo para as lesmas.

Passoleve era irresistível, então, interrompemos nossa longa conversa e nos animamos mastigando algumas maçãs muito doces que estavam espalhadas no capim.

11

Palavras francas

Quanto mais tempo eu morava em Birtwick, mais orgulhoso e feliz ficava por ter um lar como aquele. O mestre e a mestra eram respeitados e amados por todas as pessoas que os conheciam. Eram bondosos e gentis com tudo e todos, não só homens e mulheres, mas cavalos e burros, cães e gatos, vacas e pássaros. Não havia criatura oprimida ou maltratada que não tivesse a amizade deles, e seus empregados adotavam o mesmo tom. Se alguma das crianças da vila tratasse qualquer criatura com crueldade, logo alguém os informava disso na mansão.

O sr. Gordon e o fazendeiro Gray tinham trabalhado juntos, como diziam, por mais de vinte anos para abolir as gamarras, e era raro que alguém as visse em nossa região. Às vezes, se a mestra encontrasse um cavalo puxando uma carga pesada com a cabeça forçada para cima, ela detinha a própria carruagem, saía e argumentava com o cocheiro usando sua voz doce e séria, tentando lhe mostrar que aquilo era tolice e crueldade. Creio que não exista nenhum homem capaz de contrariar nossa mestra. Eu gostaria que todas as mulheres fossem como ela.

Às vezes, nosso mestre também interferia energicamente. Lembro que, uma manhã, ele estava cavalgando para casa comigo quando vimos um homem grande vir em nossa direção com uma carruagem leve puxada por um lindo poneizinho baio de raça, de pernas delgadas, cabeça e rosto delicados. Assim que ele chegou aos portões da propriedade do nosso mestre, o animalzinho se virou na direção deles, mas o homem, sem nenhum aviso, puxou a cabeça dele com tanta força e tão de repente que quase o jogou sentado no chão. O pônei já se recuperava e seguia em frente quando o homem começou a açoitá-lo furiosamente. O pônei avançou, mas a mão forte e pesada conteve a bela criatura com uma força que quase bastou para quebrar sua mandíbula, enquanto o chicote ainda o cortava. Foi uma visão medonha, pois eu sabia a dor terrível que o gesto causava àquela boca tão pequena e delicada, mas o mestre me deu a ordem e emparelhamos com ele num instante.

— Sr. Sawyer! — gritou ele com voz severa. — Esse pônei é feito de carne e osso?

— Carne, osso e mau temperamento — respondeu o homem. — Ele gosta demais de fazer a própria vontade, e não aceito isso. — Ele falava como se estivesse tomado pela ira. Era um construtor que fora muitas vezes à propriedade a negócios.

— E acha que esse tratamento o fará gostar de fazer sua vontade?

— Ele não tinha que fazer aquela curva. O caminho é em linha reta! — respondeu o homem rispidamente.

— O senhor já levou esse pônei muitas vezes até minha casa. Isso só demonstra a boa memória e a inteligência dele. Como ele poderia saber que você não ia até lá desta vez? Mas isso não vem ao caso. Devo dizer, sr. Sawyer, que nunca tive o destino lamentável de testemunhar tratamento mais cruel e brutal a um pônei, e ao ceder a tal fúria o senhor fere seu próprio caráter na mesma medida, ou mais, em que fere seu pônei. Lembre-se de que todos seremos julgados de acordo com nossos atos, sejam para com os homens ou os animais.

O mestre me levou para casa devagar, e percebi, por sua voz, como a cena o havia angustiado. Ele falava com cavalheiros de sua própria posição com a mesma liberdade com que falava com aqueles abaixo dele pois, outro dia, quando saímos, encontramos o capitão Langley, amigo de nosso mestre, conduzindo um esplêndido par de cavalos cinzentos num tipo de breque. Depois de uma breve conversa, o capitão disse:

— O que acha da minha nova parelha, sr. Gordon? O senhor é o maior conhecer de cavalos por estas bandas e eu gostaria de ouvir sua opinião.

O mestre me fez recuar um pouco para vê-los bem, respondendo:

— São uma dupla de rara beleza, e, se forem tão bons quanto parecem, o senhor nunca precisará de nada melhor. Mas vejo que ainda mantém aquele seu hábito favorito de extenuar seus cavalos e reduzir o poder deles.

— Do que está falando? Das gamarras? Oh, ah! Sei que esse é um dos seus passatempos... Bom, o fato é que gosto de ver meus cavalos de cabeça erguida.

— Eu também, assim como qualquer outro homem, mas não gosto de vê-los forçados; isso tira toda a beleza. Ora, capitão, o senhor é militar e sem dúvida gosta de ver seu regimento fazer boa figura na revista das tropas, "de cabeça erguida" e tudo mais. Mas não colheria os louros de seu treinamento se todos os seus homens estivessem com a cabeça presa a uma tábua! Pode não fazer muito mal na revista das tropas, a não ser pelo fato de deixá-los extenuados, mas como seria fazer uma investida com baionetas contra o inimigo, quando eles precisariam usar livremente todos os músculos e avançar com toda a força? Eu não apostaria na sua chance de vitória. Acontece exatamente a mesma coisa com os cavalos: o senhor os deixa incomodados e

nervosos, diminuindo sua potência, e não permite que joguem o próprio peso adiante para avançar; assim, eles têm que forçar demais as articulações e os músculos, e é claro que isso os cansa mais rápido. Pode ter certeza: o correto é manter a cabeça dos cavalos livre, assim como a dos homens, e, se pudéssemos agir um pouco mais de acordo com o bom senso e muito menos de acordo com a moda, descobriríamos que, dessa forma, muitas coisas funcionam com mais facilidade. Além disso, sabe tão bem quanto eu que, se um cavalo der um passo em falso, ele terá muito menos chance de se recuperar se alguém tiver puxado a cabeça e o pescoço dele para trás. Agora que exerci muito bem meu passatempo — concluiu o mestre, rindo —, por que não se dedica a ele também, capitão? Seu exemplo serviria a muitos.

— Creio que o senhor tenha razão na teoria, e foi um golpe baixo falar dos soldados, mas... bom... vou pensar nisso. — E cada um seguiu seu caminho.

12

Um dia de tempestade

Um dia, no fim do outono, meu mestre teve que fazer uma longa viagem a negócios. Fui atrelado ao cabriolé e John acompanhou o mestre. Sempre gostei de puxar o cabriolé, pois era muito leve e as rodas altas seguiam meus passos de forma agradável. Tinha caído um temporal e agora o vento forte soprava as folhas secas do outro lado da estrada num chuvisco. Seguimos alegremente até chegarmos à barreira de pedágio e à ponte baixa de madeira. As margens do rio eram altas, e a ponte, em vez de se elevar, seguia no mesmo nível, de modo que, na metade dela, quando o rio estava cheio, a água chegava quase até as tábuas do piso, mas, como havia uma balaustrada firme de cada lado, as pessoas não se incomodavam.

O homem que operava o portão do posto disse que o rio estava subindo rápido e achava que a noite seria ruim. Muitos dos campos estavam submersos e, numa parte baixa da estrada, a água chegou até a metade dos meus joelhos. O fundo estava bom e o mestre me conduziu com cuidado, por isso, não tive nenhum problema.

Quando chegamos à cidade, é claro que ganhei uma boa iguaria, mas, como os negócios do mestre o ocuparam por muito tempo, só voltamos para casa no fim da tarde. Agora, o vento estava ainda mais forte e ouvi o mestre dizer a John que nunca tinha saído numa tempestade como aquela; pensei a mesma coisa enquanto contornávamos um bosque, onde os galhos grandes balançavam como gravetos e o som da correnteza era tremendo.

— Gostaria de estar bem longe desse bosque — comentou o mestre.

— É, senhor — respondeu John. — Imagine se um desses galhos caísse em cima de nós.

As palavras mal saíram da sua boca quando ouvi um rangido, um estalo e o som de alguma coisa se rachando; rompendo e desabando entre as outras árvores, surgiu um carvalho, arrancado pela raiz, e caiu no meio da estrada, bem à nossa frente. Jamais direi que não tive medo, pois tive. Fiquei paralisado e acredito que tremi. É claro que não me virei nem fugi, pois não fui criado para isso. John desceu e apareceu ao meu lado num instante.

— Foi por muito pouco — disse meu mestre. — E agora, o que fazer?

— Bom, senhor, não podemos passar por cima daquela árvore nem contorná-la. Não há nada a fazer, a não ser voltar à encruzilhada, e serão nove ou dez quilômetros até chegarmos à ponte outra vez. Vamos demorar, mas o cavalo está descansado.

Assim, voltamos e seguimos pela encruzilhada, mas, quando chegamos à ponte, já estava quase escuro. Só conseguíamos ver que havia água no meio dela, mas, como às vezes isso acontecia quando havia uma enchente, o mestre não parou. Seguimos num ritmo bom, mas, no momento em que meus pés tocaram a primeira parte da ponte, tive certeza de que havia alguma coisa errada. Eu não me atrevi a avançar e parei de supetão.

— Vá em frente, Beleza — disse o mestre, e me deu um toque leve com o chicote, mas não me atrevi a me mexer; ele me deu um golpe mais forte e eu pulei, mas, ainda assim, não segui adiante.

— Senhor, há alguma coisa errada — disse John, e desceu da carroça, se aproximou da minha cabeça e olhou à sua volta. Tentou me conduzir adiante. — Vamos, Beleza, qual é o problema? — É óbvio que eu não conseguia contar a ele, mas sabia muito bem que a ponte não era segura.

Só então o homem na barreira de pedágio do outro lado correu para fora da cabine, abanando uma tocha feito louco.

— Ô, ô, ô! Olá! Parem! — gritou ele.

— Qual o problema? — gritou meu mestre.

— A ponte se quebrou ao meio e a água levou uma parte dela. Se tentarem passar, vão cair no rio.

— Graças a Deus não passamos! — exclamou o mestre.

— Ah, Beleza! — disse John, segurando a cabeçada e me fazendo virar delicadamente para a estrada da direita à margem do rio.

O sol já tinha se posto havia algum tempo e o vento parecia ter esmorecido depois daquela rajada furiosa que arrancara a árvore. Estava cada vez mais escuro e silencioso. Trotei calmamente, as rodas mal fazendo barulho na estrada macia. Por um bom tempo, nem o mestre nem John falaram; por fim, o mestre começou a se expressar com uma voz séria. Não consegui entender muito do que disseram, mas descobri que acreditavam que, se eu tivesse continuado em frente como o mestre queria, é muito provável que a ponte tivesse cedido debaixo de nós, e cavalo, carruagem, mestre e homem tivessem caído no rio. Como a correnteza estava forte e não havia luz nem socorro por perto, era mais do que certo que todos tivéssemos nos afogado. O mestre disse:

— Deus deu aos homens a razão para que descobrissem as coisas sozinhos, mas deu aos animais um conhecimento que

não depende da razão, muito mais imediato e perfeito em seu caminho, por meio do qual já salvaram muitas vidas humanas.

John tinha muitas histórias para contar sobre cães e cavalos e as coisas maravilhosas que haviam feito. Ele achava que as pessoas não davam o devido valor a seus animais, nem faziam deles os amigos que poderiam ser. Se alguém já fez amizade com os animais, com certeza foi John.

Finalmente, chegamos aos portões da propriedade e encontramos o jardineiro esperando por nós. Ele disse que a mestra estava aflita desde o anoitecer, temendo que algum acidente tivesse acontecido, e que ela havia mandado James, montado em Meritíssimo, o cavalo ruão, ir até a ponte de madeira para procurar por nós.

Vimos luz na porta da casa e nas janelas do andar de cima, e, quando chegamos, a patroa correu para fora, dizendo:

— Querido! Você está bem? Ah! Fiquei tão ansiosa, imaginando mil coisas. Vocês não sofreram nenhum acidente?

— Não, minha querida. Mas, se seu Beleza Negra não tivesse sido mais sensato do que nós, teríamos sido carregados rio abaixo ao atravessar a ponte de madeira.

Não ouvi mais nada, pois entraram na casa, e John me levou para o estábulo. Ah, que bela ceia ele me deu naquela noite! Um ótimo mingau de farelo e um pouco de feijão amassado com minha aveia, e ainda uma cama de palha bem espessa! Gostei muito disso, pois estava cansado.

13

A marca registrada do Diabo

Um dia, quando John e eu tínhamos saído para cuidar de alguns negócios do mestre e voltávamos tranquilamente por uma estrada longa e reta, vimos, a certa distância, um menino tentando fazer um pônei pular uma porteira. O pônei não queria saltar, e o menino o castigava com o chicote, mas o pônei apenas se desviava para um lado. O menino o chicoteou novamente, mas o pônei se virou para o outro lado. Então, o menino desceu, deu uma surra tremenda no animal e bateu na cabeça dele; depois, montou outra vez e tentou fazê-lo pular a porteira, chutando-o o tempo todo sem a menor vergonha, mas mesmo assim o pônei se recusou a obedecer. Quando estávamos perto, o pônei abaixou a cabeça, ergueu as patas traseiras e jogou o menino bem em cima de uma sebe volumosa, e, com a rédea pendurada na cabeça, partiu para casa a galope. John deu uma gargalhada, dizendo:

— Bem feito para ele.

— Ai, ai, ai! — gritou o menino, tentando se soltar dos espinhos da sebe. — Socorro, me ajude a sair daqui!

— Não, obrigado — respondeu John. — Acho que você está no lugar certo, e talvez uns arranhõezinhos o ensinem a não fazer um pônei pular uma porteira que é alta demais para ele. — E, com isso, John partiu, comentando: — Pode ser que, além de malvado, o rapaz seja mentiroso. Beleza, vamos passar pela casa do fazendeiro Bushby, e lá, se alguém quiser saber o que aconteceu, você e eu podemos contar, certo?

Seguimos à direita e logo chegamos ao campo de feno, de onde avistamos a casa. O fazendeiro corria para a estrada, e sua mulher estava de pé junto da porteira, com um olhar amedrontado.

— Você viu meu menino? — perguntou o sr. Bushby quando chegamos. — Ele saiu há uma hora com meu pônei preto, que acaba de voltar sem cavaleiro.

— Senhor, acredito que para ele é melhor ficar sem cavaleiro, a menos que o cavalguem direito — respondeu John.

— Como assim?

— Bom, vi seu filho chicoteando, chutando e batendo naquele ótimo pônei sem a menor vergonha, só porque ele não pulou uma porteira que era alta demais para ele. O pônei se comportou bem e não demonstrou hostilidade, mas, no fim, levantou as patas traseiras e atirou o jovem na sebe de espinhos. Ele me pediu ajuda, mas espero que me perdoe, senhor, pois não tive vontade de ajudá-lo. Ele não quebrou nenhum osso, só ganhou alguns arranhões. Adoro os cavalos e me irrita vê-los ser maltratados. É uma péssima ideia atormentar um animal até ele usar os cascos, e a primeira vez nem sempre é a última.

Nesse momento, a mãe começou a chorar:

— Ah, pobrezinho do meu Bill, preciso encontrá-lo, deve estar machucado.

— É melhor você entrar em casa, mulher — disse o fazendeiro. — Bill está precisando de uma lição e preciso cuidar para que ele a aprenda. Não é a primeira vez, nem a segunda, que ele maltrata aquele pônei, e vou acabar com isso. Fico muito grato a você, Manly. Boa noite.

Assim, seguimos adiante. John riu durante todo o caminho para casa e depois contou tudo a James, que também riu e disse:

— Bem feito! Conheci aquele menino na escola. Ele era cheio de si por ser filho de fazendeiro, vivia se gabando e intimidando os meninos menores. É claro que nós, os mais velhos, não aceitávamos nada disso e o avisamos que, na escola e no recreio, os filhos dos fazendeiros e os filhos dos trabalhadores são todos iguais. Lembro-me bem de um dia, pouco antes das aulas da tarde, em que o encontrei à janela pegando moscas e arrancando as asas delas. Ele não me viu e dei-lhe uma bofetada na orelha que o deixou estatelado no chão. Bom, por mais zangado que eu estivesse, ele chorou e berrou de tal forma que quase cheguei a ter medo. Os meninos vieram do recreio e o mestre veio da rua para ver quem estava sendo assassinado. É claro que eu disse na mesma hora o que tinha feito e por quê. Depois, mostrei ao mestre as moscas, algumas esmagadas e outras rastejando, indefesas, e mostrei a ele as asas largadas no parapeito da janela. Eu nunca o tinha visto tão zangado, mas, como Bill continuava uivando e choramingando, feito o covarde que era, o mestre não deu a ele nenhum castigo dolorido; só o deixou num banquinho pelo resto da tarde e disse que ele passaria a semana sem sair para brincar. Depois, conversou com todos os meninos num tom muito sério sobre a crueldade e disse que era maldade e covardia ferir os fracos e indefesos. Mas o que ficou em minha memória foi o seguinte: ele explicou que a crueldade era a marca registrada do próprio Diabo, e, se víssemos alguém sentindo prazer em ser cruel, saberíamos a quem essa pessoa pertencia, pois o Diabo foi assassino desde o início e algoz até o fim. Por outro lado, ao ver alguém que amasse os vizinhos e fosse gentil com os homens e os animais, saberíamos que essa era a marca de Deus.

— Seu mestre nunca lhe ensinou nada mais verdadeiro — respondeu John. — Não existe religião sem amor, e as pessoas podem falar o quanto quiserem sobre sua religião, mas, se ela não as ensinar a ser bondosas e gentis com os homens e os animais, será pura falsidade… só falsidade, James, e não vai durar quando as coisas virarem do avesso.

14

James Howard

Certa manhã de dezembro, John acabara de me levar para minha baia após o exercício diário e estava prendendo meu cobertor, e James vinha do depósito de grãos com um pouco de aveia, quando o mestre entrou no estábulo. Estava muito sério e segurava uma carta aberta nas mãos. John fechou a porta da minha baia, tocou a boina em um cumprimento e esperou as ordens.

— Bom dia, John — disse o mestre. — Quero saber se você tem alguma reclamação a fazer sobre James.

— Reclamação? Não, senhor.

— Ele é diligente no trabalho e se dirige a você com respeito?

— Sim, senhor, sempre.

— Acha que ele negligencia o trabalho quando você dá as costas?

— Nunca, senhor.

— Que bom. Mas preciso fazer mais uma pergunta: você tem algum motivo para desconfiar de que, ao sair com os cavalos para exercitá-los ou para levar um recado, ele se detenha para conversar com os amigos ou entre em casas onde não deveria, deixando os cavalos do lado de fora?

— Não, senhor, com certeza não. E, se alguém andou dizendo isso a respeito de James, não acredito nem pretendo acreditar, a menos que me apresentem provas e testemunhas. Não cabe a mim dizer quem tentou manchar a reputação de James, mas garanto uma coisa ao senhor: nunca tive neste estábulo um jovem mais confiável, amistoso, honesto e inteligente do que ele. Posso me fiar na palavra e no trabalho dele, é gentil e hábil com os cavalos, e prefiro confiá-los a ele do que à metade dos rapazes que conheço por aí, de chapéu enfeitado e libré. Quem quiser saber do caráter de James Howard — John abanou a cabeça num gesto decidido — que venha perguntar a John Manly.

Durante todo esse tempo o mestre ficou sério e atento, mas, quando John terminou seu discurso, um largo sorriso se abriu nos lábios dele, e, olhando com alegria para James, que havia passado todo o tempo parado à porta, ele disse, com um sorriso brincalhão:

— James, meu rapaz, deixe a aveia aí e venha até aqui. Estou muito feliz em descobrir que a opinião de John sobre seu caráter é idêntica à minha. John é um homem prudente e nem sempre é fácil conseguir a opinião dele a respeito das pessoas, então, pensei que, se eu jogasse verde, colheria maduro e logo descobriria o que queria saber. Agora, vamos ao que interessa. Recebi uma carta de meu cunhado, Sir Clifford Williams, de Clifford Hall. Ele quer que eu encontre para ele um jovem cavalariço de confiança, com cerca de vinte ou vinte e um anos, que conheça o ofício. O velho cocheiro que vive com ele há trinta anos está ficando debilitado. Assim, meu cunhado quer um homem que trabalhe e aprenda com ele para, quando o velho se aposentar, ocupar o lugar dele. No começo ele ganhará dezoito xelins por semana, roupas de estábulo, roupas de cocheiro, um quarto acima da cocheira e um jovem sob suas ordens. Sir Clifford é um bom patrão, e, se conseguisse esse emprego, seria um bom começo para você. Mas não quero que nos deixe, e, se fizesse isso, sei que John perderia o seu braço direito.

— Perderia mesmo, senhor — concordou John —, mas eu não ficaria no caminho dele.

— Quantos anos você tem, James? — perguntou o mestre.

— Faço dezenove em maio, senhor.

— É jovem; o que você acha, John?

— Bom, senhor, ele é jovem mesmo, mas é tão confiável quanto um homem feito, é forte e crescido, e, embora não tenha muita experiência como cocheiro, tem mão leve e firme e olhar atento. Além disso, é muito cuidadoso, e tenho certeza de que com ele nenhum cavalo será prejudicado por falta de cuidados com os cascos e as ferraduras.

— Sua palavra vale muito, John, pois Sir Clifford acrescenta num pós-escrito: "Eu preferiria um homem treinado pelo seu John a qualquer outro". Então, James, meu rapaz, pense no assunto, converse com sua mãe na hora do jantar e depois me diga o que deseja.

Poucos dias depois dessa conversa, ficou decidido que James iria para Clifford Hall em um mês ou um mês e meio, como convinha a seu patrão, e nesse ínterim deveria adquirir toda a prática possível na condução. Nunca vi a carruagem sair com tanta frequência. Quando a mestra não saía, o mestre saía com a carruagem de duas rodas, mas agora, fossem o mestre ou as meninas, ou apenas um assunto a tratar fora de casa, Gengibre e eu éramos atrelados à carruagem e James nos conduzia. Na primeira vez, John o acompanhou na boleia, dando-lhe instruções, e depois disso James nos conduziu sozinho.

Foi maravilhoso ver quantos lugares o mestre visitava na cidade aos sábados e por quais ruas estranhas passávamos. Ele sempre ia até a estação ferroviária na hora em que o trem estava chegando, quando as carruagens e cabriolés de aluguel, carroças e ônibus tentavam atravessar a ponte ao mesmo tempo. Quando o sino da ferrovia tocava, aquela ponte exigia bons cavalos e bons cocheiros, pois era estreita, e uma curva muito fechada levava à estação, onde seria fácil as pessoas se esbarrarem se não prestassem atenção e não mantivessem a calma.

15

O velho cavalariço

Depois disso, o mestre e a mestra decidiram visitar alguns amigos que moravam a cerca de setenta quilômetros de nossa casa, e James deveria levá-los. No primeiro dia, percorremos cinquenta quilômetros. No caminho, havia morros extensos de trânsito difícil, mas James nos conduzia com tanto cuidado e atenção que não nos incomodávamos. Ele nunca se esquecia de ativar o freio da carruagem nas descidas, nem de desativá-lo nos pontos certos. Cuidava de manter nossos cascos na parte mais lisa da estrada e, se a subida fosse muito longa, punha as rodas um pouco de través na estrada, para que não recuassem, e com isso tomávamos fôlego. Todos esses pequenos gestos ajudam muito um cavalo, principalmente se ele ganhar também palavras carinhosas.

Paramos uma ou duas vezes na estrada e, quando o sol se punha, chegamos à cidade onde passaríamos a noite. Paramos no hotel principal, que era imenso e ficava na praça do mercado. Passamos por baixo de um pórtico para entrar num pátio longo, no fim do qual ficavam o estábulo e as cocheiras. Dois cavalariços vieram nos desatrelar. O mestre cavalariço era um homenzinho simpático e ativo, com uma perna torta e colete listrado de amarelo. Nunca vi um homem desatar as rédeas com tanta rapidez, e, com um afago e palavras amistosas, ele me levou a um estábulo comprido, com sete ou oito baias e dois ou três cavalos. O outro homem trouxe Gengibre; James ficou por perto enquanto éramos escovados e limpos.

Nunca ninguém me limpou com tanta leveza e rapidez quanto aquele velhinho. Quando ele terminou, James se aproximou e me tateou, como se achasse que não havia maneira de já haver terminado, mas descobriu que minha pelagem estava limpa e macia como seda.

— Bom, achei que eu fosse bem rápido, e nosso John é mais rápido ainda, mas o senhor superou tudo que já vi, sendo rápido e detalhista ao mesmo tempo — disse ele.

— A prática leva à perfeição, e seria uma pena se não fosse assim — respondeu o pequeno cavalariço encurvado. — Imagine praticar por quarenta anos e não chegar à perfeição! Ha, ha! Seria uma pena. Quanto a ser rápido, por Deus! É só questão de hábito. Se você adotar o hábito de ser rápido, vai ser tão fácil quanto ser lento; eu diria que é até mais fácil. Na verdade, não seria bom para a minha saúde ter que passar duas vezes mais tempo do que preciso na mesma tarefa. Por Deus! Eu não teria sossego se trabalhasse tão devagar quanto algumas pessoas! Sabe, eu trabalho com os cavalos desde os doze anos, em estábulos de caça e estábulos de corrida. Sendo pequeno, sabe, fui jóquei por muitos anos. Mas, em Goodwood, a pista de corrida era muito escorregadia e meu pobre Delfínio caiu, e eu quebrei o joelho, e depois disso é claro que não podia mais trabalhar lá. Mas não conseguia viver sem os cavalos, claro que não, por isso vim trabalhar no hotel. Garanto que é um prazer enorme cuidar de um animal como este, bem-criado, bem-educado e bem-cuidado. Por Deus! Consigo perceber como um cavalo é tratado. Deixe um cavalo comigo por vinte minutos e eu lhe digo que tipo de cavalariço tratou dele. Olhe para este aqui, amistoso, tranquilo, vira-se exatamente como a gente quer, levanta as patas para a gente limpar ou qualquer outra coisa que precise. Depois, você vê outro, inquieto, nervoso, que não se mexe do jeito certo ou começa a avançar pela baia, levanta a cabeça de repente assim que você chega perto dele, deita as orelhas para trás e parece ter medo de você, ou então tenta vir para cima da gente com os cascos. Pobrezinhos! Eu sei que tipo de tratamento eles receberam. Quando são tímidos, ficam amedrontados ou ariscos; quando são impetuosos, ficam violentos ou até perigosos. O temperamento dos cavalos se cria principalmente quando são novos. Por Deus! São como as crianças. Ensine-os no caminho que devem seguir, como diz o bom livro, e quando forem velhos não se desviarão dele, se tiverem oportunidade.

— Gosto de ouvir o senhor falar — disse James. — É assim que fazemos as coisas na casa de nosso patrão.

— Quem é seu patrão, rapaz? Se não incomoda perguntar. Acho que ele deve ser dos bons, pelo que estou vendo.

— É o sr. Gordon, de Birtwick Park, do outro lado de Beacon Hills.

— Ah! Sim, sim, já ouvi falar dele. É bom conhecedor de cavalos, hein? O melhor cavaleiro do condado.

— Acredito que sim, mas agora ele cavalga muito pouco, desde que o pobre do jovem patrão morreu.

— Ah! Pobre cavalheiro. Li essa notícia no jornal da época. Também morreu um belo cavalo, não foi?

— Foi. Era uma criatura esplêndida, irmão deste aqui e igualzinho a ele.

— Que pena! Que pena! — exclamou o velho. — Era um lugar ruim para pular, se bem me lembro. Tinha uma cerca fina no alto e uma ribanceira à beira do riacho, não era? Não dá para o cavalo ver para onde vai. Bom, gosto de cavalgadas velozes tanto quanto qualquer outro homem, mas existem certos saltos que só um velho caçador muito sabido tem o direito de dar. A vida de um homem e a de um cavalo valem mais do que o rabo de uma raposa; pelo menos, deveriam valer.

Enquanto isso, o outro homem terminou de cuidar de Gengibre e trouxe nossa comida, e James e o velho deixaram o estábulo juntos.

16

O incêndio

À noite, o segundo cavalariço trouxe o cavalo de um viajante e, enquanto o limpava, um jovem com um cachimbo na boca entrou no estábulo para bisbilhotar.

— Faça um favor, Towler — disse o cavalariço. — Suba a escada até o palheiro e ponha um pouco de feno na feneira deste cavalo, pode ser? Mas deixe o cachimbo.

— Tudo bem — respondeu o outro. Subiu pelo alçapão e eu o ouvi pisar nas tábuas acima e baixar o feno. James entrou para nos olhar pela última vez e, depois, a porta foi trancada.

Não sei dizer quanto tempo dormi, nem que horas eram, mas acordei à noite muito incomodado, embora mal soubesse por quê. Levantei-me; o ar estava espesso e sufocante. Ouvi Gengibre tossir e um dos outros cavalos parecia muito nervoso; estava escuro e eu não enxergava nada, mas o estábulo parecia estar cheio de fumaça e eu mal conseguia respirar.

O alçapão fora deixado aberto, e achei que era dali que a fumaça vinha. Prestei atenção e ouvi uma espécie de ruído leve e impetuoso e um crepitar e estalar baixo. Não sabia o que era, mas algo naquele som tão estranho me fez tremer da cabeça aos pés. Todos os outros cavalos estavam acordados; alguns puxavam os cabrestos, outros batiam os cascos.

Por fim, ouvi passos lá fora, e o cavalariço que havia trazido o cavalo do viajante irrompeu no estábulo com uma lanterna e começou a soltar os cavalos e tentar levá-los para fora, mas ele mesmo parecia estar com tanta pressa e tanto medo que me assustou ainda mais. O primeiro cavalo não quis ir com ele; tentou o segundo e o terceiro, e eles também não se mexeram. Em seguida, ele veio até mim e tentou me tirar da baia à força; é óbvio que não adiantou. Tentou tirar todos nós, um por um, e depois saiu do estábulo.

Sem dúvida, éramos muito tolos, mas o perigo parecia estar em toda parte, não havia ninguém conhecido em quem pudéssemos confiar, e tudo era estranho e incerto. O ar fresco que tinha entrado pela porta aberta tornou mais fácil respirar, mas o som impetuoso ficou mais alto, e, quando olhei para cima através das barras da feneira, vi uma luz vermelha tremulando na parede. Então, ouvi um grito do lado de fora:

— Fogo!

O velho cavalariço entrou rápido e em silêncio, tirou um cavalo e foi até outro, mas as chamas brincavam em volta do alçapão e o rugido vindo do alto era apavorante.

Em seguida, ouvi a voz de James, tranquila e alegre como sempre.

— Vamos, minhas belezas, é hora de sair. Acordem e venham comigo. — Eu estava mais perto da porta, por isso ele veio até mim primeiro, afagando-me ao entrar. — Venha, Beleza, vamos pôr a cabeçada, meu menino, e logo estaremos fora desta fumaceira. — Ele fixou a cabeçada num instante; depois, tirou o lenço do pescoço, prendeu-o levemente sobre meus olhos e, afagando-me e conversando comigo, me levou para fora do estábulo. A salvo no pátio, ele tirou o lenço dos meus olhos e gritou: — Alguém me ajude! Peguem este cavalo enquanto eu volto para buscar o outro.

Um homem alto e largo se aproximou e me conduziu, e James correu de volta ao estábulo. Dei um relincho estridente ao vê-lo partir. Depois, Gengibre me disse que esse relincho foi a melhor coisa que eu poderia ter feito por ela, pois, se não tivesse me ouvido lá fora, nunca teria tido coragem de sair.

Havia muita confusão no pátio, os cavalos sendo tirados de outros estábulos e as carruagens e carroças saindo das casas e galpões, para que as chamas não se espalhassem ainda mais. Do outro lado, as janelas do pátio estavam abertas e as pessoas gritavam todo tipo de coisas, mas continuei de olhos fixos na porta do estábulo, de onde a fumaça saía mais densa do que nunca, e pude ver lampejos de luz vermelha; logo ouvi acima de todo o rebuliço uma voz alta e nítida, que eu sabia ser a do mestre:

— James Howard! James Howard! Você está aí?

Não houve resposta, mas ouvi o estrondo de algo caindo dentro do estábulo e, no instante seguinte, dei um relincho alto e alegre, pois vi James atravessar a fumaça trazendo Gengibre consigo; ele tossia vigorosamente e não conseguia falar.

— Meu rapaz valente! — exclamou o mestre, pondo a mão em seu ombro. — Você se machucou?

James balançou a cabeça, negando, pois ainda não conseguia falar.

— É — concordou o grandalhão que me segurava. — Ele é um rapaz valente, sem dúvida.

— Agora, depois que você tiver recuperado o fôlego, James, vamos sair deste lugar o mais rápido possível — disse o mestre.

Já nos dirigíamos à entrada quando veio da praça do mercado um som de cascos galopantes e rodas estrondosas.

— É o carro dos bombeiros! O carro dos bombeiros! — gritaram duas ou três vozes. — Saiam da frente, deem passagem!

E, estrondeando e ribombando sobre as pedras do calçamento, dois cavalos entraram no pátio arrastando uma pesada carroça. Os bombeiros desceram num instante e não precisaram perguntar onde estava o fogo — ele subia do telhado na forma de uma grande labareda.

Saímos o mais rápido possível para a praça ampla e tranquila; as estrelas brilhavam e, a não ser pelo barulho atrás de nós, tudo era silêncio. O mestre nos levou até um grande hotel do outro lado e, assim que o cavalariço chegou, disse:

— James, agora devo ir até sua patroa. Confio os cavalos inteiramente a você, peça tudo o que achar necessário. — E, com isso, partiu. Não correu, mas nunca vi um homem andar tão rápido quanto naquela noite.

Ouvi um som terrível antes de entrarmos em nossas baias — os gritos daqueles pobres cavalos que foram deixados para trás, queimando até a morte. Foi terrível! Fez com que Gengibre e eu nos sentíssemos muito mal. Nós, porém, fomos acolhidos e bem tratados.

Na manhã seguinte, o mestre veio ver como estávamos e falar com James. Não ouvi muito, pois o cavalariço estava me escovando, mas percebi que James parecia muito feliz e achei que o mestre estava orgulhoso dele. Nossa mestra ficara tão alarmada à noite que a viagem foi adiada para a tarde. Então, James tinha a manhã livre e foi primeiro para a hospedaria perguntar sobre nossos arreios e a carruagem, além de outras informações sobre o incêndio. Quando voltou, nós o ouvimos contar tudo ao cavalariço. A princípio, ninguém conseguia adivinhar como o incêndio fora causado, mas por fim um homem disse que viu Dick Towler entrar no estábulo com um cachimbo na boca e, quando saiu, estava sem o cachimbo e foi buscar outro. Então, o cavalariço disse que pediu para Dick subir a escada e baixar um pouco de feno, mas que o mandou largar o cachimbo primeiro. Dick negou ter levado o cachimbo consigo, mas ninguém acreditou nele. Lembro-me bem da regra de nosso John Manly, de nunca permitir cachimbos no estábulo, e achava que deveria ser regra em todos os lugares.

James disse que o telhado e o chão haviam desabado e que só as paredes escurecidas continuavam de pé. Os dois pobres cavalos que não puderam ser tirados de lá foram soterrados pelas vigas e telhas queimadas.

17

As palavras de John Manly

O resto de nossa viagem foi muito tranquilo, e, pouco depois do pôr do sol, chegamos à casa do amigo de meu mestre. Fomos levados a um estábulo limpo e confortável; havia um cocheiro gentil, que nos deixou bem acomodados e pareceu nutrir grande admiração por James quando soube do incêndio.

— Uma coisa é certa, rapaz — disse ele. — Seus cavalos sabem em quem podem confiar. Tirar um cavalo de um estábulo quando há fogo ou enchente é uma das coisas mais difíceis do mundo. Não sei por que, mas eles não saem... de jeito nenhum.

Passamos dois ou três dias naquele lugar e depois voltamos para casa. Tudo correu bem na viagem; estávamos felizes por estar de volta ao nosso estábulo, e John ficou igualmente feliz em nos ver.

Antes de nos deixarem para a noite, James disse a John:

— Fico imaginando quem vai ficar no meu lugar.

— O pequeno Joe Green da casa de guarda — respondeu John.

— O pequeno Joe Green? Ora, ele é uma criança!

— Ele tem catorze anos e meio.

— Mas é um rapazinho tão miúdo!

— É, ele é pequeno, mas é esperto e interessado. Também tem bom coração, quer muito vir para cá e o pai gostou da ideia, e sei que o patrão quer dar-lhe uma chance. Ele disse que, se eu achasse que Joe não serviria, ele procuraria um menino maior, mas eu disse que ficaria contente em treiná-lo por um mês e meio.

— Um mês e meio! Ora, vai demorar seis meses até que o menino seja útil! Você vai ter muito trabalho, John.

— Bom — John riu —, sou muito amigo do trabalho. Até hoje, nunca tive medo de trabalhar.

— Você é um homem muito bom. Um dia, quero ser como você.

— Não sou de falar de mim, mas, como você vai nos deixar, sair para o mundo e arranjar-se na vida, vou lhe dizer o que penso a respeito dessas coisas. Eu tinha a idade de Joseph quando meu pai e minha mãe morreram da febre, com dez dias de diferença um do outro, e deixaram a mim e à minha irmã Nelly, que é uma pessoa com deficiência, sozinhos no mundo, sem nenhum parente para nos acudir. Eu era ajudante de fazenda, não ganhava o suficiente para me sustentar, muito menos para sustentar a nós dois, e Nelly teria ido para o asilo se não fosse por nossa patroa; minha irmã a chama de anjo, e tem toda razão para isso. Ela alugou um quarto para Nelly na casa da velha viúva Mallet, deu-lhe tricô e bordados sempre que pôde e, quando minha irmã ficou doente, ela mandou jantares e muitas coisas boas e confortáveis, e foi como uma mãe para ela. Então, o patrão me empregou no estábulo sob as ordens do velho Norman, que era o cocheiro na época. Ganhei a comida na casa, a cama no sótão, roupas e três xelins por semana, para poder ajudar Nelly. E Norman... ele poderia ter me dado as costas e dito que, na idade dele, não podia tomar conta de um menino inexperiente que só sabia usar o arado, mas ele foi como um pai para mim e não poupou esforços para me ensinar. Anos depois, quando o velho morreu, fiquei no lugar dele, e agora é claro que tenho um ótimo salário, posso economizar para as horas de dificuldade ou de alegria, que podem acontecer, e Nelly vive contente. Então, sabe, James, não sou eu quem vai desdenhar de um menininho e aborrecer um patrão tão bondoso. Não e não! Vou ter muitas saudades suas, James, mas vamos superar, e não há nada melhor que fazer uma boa ação quando se tem a oportunidade, e estou feliz por poder fazer isso.

— Então, você não concorda com o ditado: "Cada um que cuide de si"?

— Não mesmo. O que teria acontecido com Nelly e comigo se o patrão, a patroa e o velho Norman só cuidassem de si mesmos? Ora, ela estaria no asilo e eu, colhendo nabos! O que aconteceria com Beleza Negra e Gengibre se você só cuidasse de si mesmo? Ora, teriam morrido queimados! Não, Jim, não! Esse é um ditado egoísta e bruto. Quem quer que o use, e quem pensa que não deve fazer nada a não ser cuidar de si mesmo, ora, é uma pena que não tenha sido afogado como um filhote de cão ou gato antes mesmo de abrir os olhos. É o que eu acho. — John balançou a cabeça num movimento decidido.

Ao ouvir isso, James riu, mas sua voz estava embargada quando disse:

— Depois de minha mãe, você foi meu melhor amigo. Tomara que não me esqueça.

— Não, rapaz, nunca! E, se algum dia eu puder fazer alguma coisa por você, também não me esqueça.

No dia seguinte, Joe foi ao estábulo para aprender tudo o que pudesse antes de James partir. Ele aprendeu a varrer o estábulo e a trazer palha e feno, começou a limpar os arreios e ajudou a lavar a carruagem. Como era baixo demais para tratar de mim e de Gengibre, James o ensinou a cuidar de Passoleve, pois ficaria totalmente encarregado dele, sob as ordens de John. Ele era um rapazinho simpático e inteligente, e sempre ia trabalhar assobiando.

Passoleve ficou muito contrariado por ser "manipulado" e "jogado de lá para cá", como ele disse, "por um menino que não sabia nada". Mas, no fim da segunda semana, ele me confessou que achava que o menino se sairia bem.

Por fim, chegou o dia em que James precisou nos deixar. Sempre alegre, naquela manhã ele parecia um tanto desanimado.

— Sabe — disse ele a John —, estou deixando muito para trás: minha mãe e Betsy, e você, e nossos bons patrão e patroa, e também os cavalos e meu velho Passoleve. Na nova casa não haverá nem uma alma que eu conheça. Se não fosse para conseguir um posto mais elevado e ser capaz de ajudar mais minha mãe, acho que não teria decidido ir; é um verdadeiro aperto, John.

— É mesmo, James, meu rapaz. Mas eu não o teria em alta estima se conseguisse sair de casa pela primeira vez e não sentisse isso. Anime-se! Você fará amizades lá e, caso se dê bem, como tenho certeza de que acontecerá, vai ser ótimo para sua mãe, e ela ficará muito orgulhosa por você ter chegado a um posto tão bom quanto esse.

Assim, John animou James, mas todos lamentaram perdê-lo. Passoleve passou muitos dias remoendo-se de saudade dele e perdeu todo o apetite. Por isso, John o levou para fora várias manhãs, com uma guia, quando me exercitava, e, fazendo o pequenino trotar e galopar ao meu lado, conseguiu reavivar o seu ânimo, e ele logo ficou bem.

Muitas vezes, o pai de Joe vinha ajudar um pouco, pois conhecia o trabalho, e Joe se esforçava imensamente para aprender. John ficou entusiasmado com ele.

18

Em busca do médico

Uma noite, alguns dias depois que James foi embora, eu tinha comido feno e estava deitado em minha cama de palha, dormindo profundamente, quando de repente acordei com o som alto do sino do estábulo. Ouvi a porta da casa de John se abrir e o som de seus pés indo até a casa do mestre. Ele voltou num instante, destrancou a porta do estábulo e entrou, gritando:

— Acorde, Beleza! Agora você deve andar bem, mais do que nunca. — E, quase antes que eu pudesse pensar, ele me pôs a sela e a cabeçada. Só parou para pegar o casaco e depois me levou num trote rápido até a porta da casa. O mestre estava lá, com uma lanterna na mão.

— Agora, John, cavalgue como se sua vida dependesse disso... pois a vida de sua patroa depende — disse ele. — Não há tempo a perder. Entregue este bilhete ao dr. White, deixe o cavalo descansar um pouco na hospedaria e volte assim que puder.

— Sim, senhor. — E John subiu nas minhas costas num instante. O jardineiro que morava na casa de guarda tinha ouvido a campainha tocar e estava pronto, com o portão aberto, e atravessamos a propriedade e a vila, descendo a colina até chegarmos à barreira de pedágio. John gritou bem alto e bateu no portão; o homem logo saiu e o abriu.

— Agora, mantenha o portão aberto para o médico. Aqui está o dinheiro — disse John, e lá se foi novamente.

Diante de nós, havia um longo trecho de estrada plana à margem do rio, e John disse:

— Agora, Beleza, faça o melhor que puder.

E foi o que fiz. Não precisei de chicote nem de espora e galopei o mais rápido que pude por mais de três quilômetros. Acho que nem meu velho avô, que ganhou a corrida em Newmarket, poderia ter ido mais rápido. Quando chegamos à ponte, John me freou um pouco e afagou meu pescoço.

— Muito bem, Beleza! Meu bom camarada! — exclamou ele.

John teria me deixado ir mais devagar, mas eu estava animado e parti outra vez, tão rápido quanto antes. O ar estava gelado, a lua brilhava; foi muito agradável. Passamos por uma vila, depois por um bosque escuro, subimos e descemos uma colina, até que, depois de uma corrida de treze quilômetros, chegamos à cidade, cruzando as ruas até a praça do mercado. Tudo era silêncio, a não ser pelo barulho dos meus cascos nas pedras da rua — as pessoas dormiam. O relógio da igreja bateu três horas quando paramos à porta do dr. White. John tocou a campainha duas vezes e bateu na porta como um trovão. Uma janela se abriu e o médico, com sua touca de dormir, pôs a cabeça para fora, dizendo:

— O que você quer?

— A sra. Gordon está muito doente e o patrão quer que o senhor vá até lá agora mesmo. Ele acha que, se o senhor não for, ela vai morrer. Mandou este bilhete.

— Espere. Vou, sim. — Fechou a janela e logo apareceu na porta. — O pior de tudo é que meu cavalo passou o dia todo fora de casa e está exausto. Acabaram de mandar chamar meu filho e ele levou o outro. O que fazer? Posso usar seu cavalo?

— Ele fez quase o caminho todo a galope, e eu deveria deixá-lo descansar aqui, mas acho que meu patrão não se oporá, se o senhor acreditar que é o melhor.

— Muito bem. Logo estarei pronto.

John ficou ao meu lado e acariciou meu pescoço; meu corpo estava muito quente. O médico saiu com seu chicote de montaria.

— Não precisa levar isso — avisou John. — Beleza Negra corre até cair. Peço que cuide bem dele, senhor. Eu não gostaria que nada de mau acontecesse com ele.

— Não, não, John, nada acontecerá. — E logo tínhamos deixado John para trás.

Não vou contar detalhes sobre o caminho de volta. O médico era mais pesado do que John e não era um cavaleiro tão bom; porém, fiz o melhor que pude. O homem na barreira de pedágio deixara o portão aberto. Quando chegamos à colina, o médico me deteve, dizendo:

— Agora, meu bom camarada, tome fôlego.

Fiquei feliz por ele ter feito isso, pois eu estava quase exausto, mas aquela pausa me ajudou a continuar, e logo estávamos na propriedade. Joe estava ao portão da casa de guarda e meu mestre à porta da mansão, pois nos ouvira chegar. Ele não disse nem uma palavra. O médico entrou na casa com ele e Joe me levou para o estábulo. Fiquei feliz por voltar para casa; minhas pernas tremiam e eu só conseguia ficar parado, arfando. Não tinha um único pelo seco no corpo, o suor escorria pelas minhas pernas e todo o meu corpo soltava vapor, Joe costumava dizer, como uma panela no fogo.

Pobre Joe! Era jovem e pequeno, e naquela época ainda sabia muito pouco; seu pai, que poderia tê-lo ajudado, fora mandado para a vila vizinha. Mas tenho certeza de que ele fez o melhor que pôde. Escovou minhas pernas e meu peito, mas não me deu o cobertor quente; achou que eu estava com tanto calor que não gostaria disso. Depois, ele me deu um balde cheio de

água para beber. Estava fria e ótima, e bebi tudo. Em seguida, ele me deu um pouco de feno e aveia, e, julgando ter agido bem, foi-se embora. Logo comecei a tremer e me sacudir, sentindo um frio mortal. Minhas pernas, meus quadris e meu peito doíam, e meu corpo todo estava sensível. Ah! Como eu quis meu cobertor quente e grosso enquanto estava lá, tremendo. Quis que John estivesse comigo, mas ele tinha treze quilômetros a percorrer. Então, me deitei na palha e tentei dormir. Depois de um longo tempo, ouvi John à porta e dei um gemido baixo, pois sentia muita dor. Ele entrou num instante, abaixando-se ao meu lado. Eu não podia explicar como me sentia, mas ele parecia saber tudo, pois me cobriu com dois ou três cobertores quentes e correu a buscar um pouco de água morna na casa. Ele me fez um mingau quente, que bebi, e depois acho que adormeci.

John parecia muito contrariado. Eu o ouvi dizer consigo, várias vezes:

— Menino estúpido! Menino estúpido! Nada de cobertor, e aposto que a água estava fria. Os meninos não prestam. — Mas, apesar disso, Joe era um bom menino.

Agora eu estava muito doente. Uma forte inflamação atacou meus pulmões e eu não conseguia respirar sem dor. John cuidou de mim noite e dia. À noite, levantava-se duas ou três vezes para ver como eu estava. Meu mestre também vinha me ver com frequência.

— Pobre Beleza — disse ele um dia. — Meu bom cavalo, você salvou a vida de sua senhora. Sim, Beleza, você salvou a vida dela.

Fiquei muito feliz em ouvir isso, pois parece que o médico dissera que, se tivéssemos demorado um pouco mais para chegar, teria sido tarde. John disse ao mestre que nunca vira um cavalo correr tão rápido. Era como se o cavalo soubesse o que estava acontecendo. É óbvio que eu sabia, embora John achasse que não. Pelo menos, disto eu sabia: que John e eu precisávamos ir o mais rápido possível, e que era pelo bem da minha mestra.

19

Mera ignorância

Não sei por quanto tempo fiquei doente. O sr. Bond, o veterinário, vinha todos os dias. Um dia, ele me fez uma sangria e John segurou um balde para recolher o sangue. Depois disso, fiquei muito tonto, achei que morreria e creio que todos tenham pensado isso.

Gengibre e Passoleve foram transferidos para o outro estábulo, para que eu pudesse ficar tranquilo, pois a febre deixara meus ouvidos aguçados; qualquer barulhinho me soava muito alto, e eu conseguia distinguir os passos de qualquer pessoa entrando e saindo da casa. Eu sabia tudo o que estava acontecendo. Uma noite, John teve que me dar um remédio e Thomas Green veio ajudá-lo. Depois que o tomei e John me deixou no maior conforto possível, ele disse que passaria meia hora comigo para ver como o medicamento faria efeito. Thomas decidiu ficar com ele, e os dois sentaram-se num banco que tinha sido levado para a baia de Passoleve e deixaram a lanterna aos seus pés, para que a luz não me incomodasse.

Por um tempo, os dois homens ficaram sentados em silêncio, até que Tom Green disse em voz baixa:

— John, eu gostaria que você falasse com Joe e que fosse gentil. O menino está desolado, não consegue comer nem sorrir. Ele diz que sabe que foi tudo culpa dele, mas tem certeza de que fez o melhor que pôde e diz que, se Beleza morrer, ninguém nunca mais vai falar com ele. Fico de coração apertado. Acho que você poderia dizer só umas palavras. Ele não é um menino ruim.

Após uma breve pausa, John respondeu devagar:

— Não seja tão duro comigo, Tom. Sei que ele não fez por mal, nunca disse isso, e sei que não é um menino ruim. Mas entenda que também estou sofrendo. Aquele cavalo é meu maior orgulho, sem falar que é o favorito do patrão e da patroa, e pensar que a vida dele pode se acabar dessa maneira é insuportável. Mas, se você acha que estou sendo duro com o menino, tentarei ser gentil com ele amanhã... isto é, se Beleza estiver melhor.

— Bom, obrigado, John. Eu sabia que você não tinha intenção de ser duro e estou feliz que entenda que foi só ignorância.

A voz de John quase me assustou quando ele respondeu:

— Só ignorância! Só ignorância! Como pode dizer isso? Não sabe que a ignorância é a pior coisa do mundo, depois da maldade?... Qual das duas é mais maléfica, só Deus sabe. Se as pessoas puderem dizer: "Ah! Eu não sabia, não tive má intenção", vão achar que está tudo bem. Imagino que Martha Mulwash não pretendia matar aquele bebê quando o encheu de carminativo e xaropes calmantes, mas ela o matou e foi julgada por assassinato.

— E foi bem-feito para ela — disse Tom. — Uma mulher não deve se encarregar de cuidar de uma criancinha sem saber o que é bom e o que é ruim para ela.

— Bill Starkey não pretendia apavorar o irmão até enlouquecê-lo quando se fantasiou de fantasma e correu atrás dele ao luar — continuou John —, mas foi o que ele fez, e aquele rapazinho esperto e bonito, que poderia ter sido o orgulho de qualquer mãe, tornou-se incapaz e nunca será diferente, nem que viva até os oitenta anos. Você mesmo passou por apuros, Tom, há duas semanas, quando aquelas meninas deixaram a porta da sua estufa aberta e um vento gélido soprou do leste direto para dentro. Você disse que aquilo matou muitas das suas plantas.

— Muitas! — disse Tom. — Não restou nem uma única muda por arrancar. Terei que plantar tudo de novo, e o pior é que não sei onde conseguir outras mudas. Quase enlouqueci quando entrei e vi o que tinha acontecido.

— E, ainda assim, tenho certeza de que as meninas não tinham má intenção. Foi só ignorância.

Não ouvi mais nada dessa conversa, pois o remédio fez bem e me fez dormir, e pela manhã sentia-me muito melhor. Mas pensei muitas vezes nas palavras de John quando passei a saber mais sobre o mundo.

20

Joe Green

Joe Green se saiu muito bem. Aprendia depressa e era tão atento e cuidadoso que John começou a confiar nele em muitas situações, mas, como eu disse, ele era pequeno para sua idade e raramente tinha permissão para exercitar Gengibre e eu. Contudo, numa manhã em que John estava com Meritíssimo na carroça de bagagem, o mestre mandou levar um bilhete imediatamente até a casa de um cavalheiro, a cerca de cinco quilômetros de distância, e deu ordem para Joe me selar e levar o recado, acrescentando o aviso de que ele deveria cavalgar com firmeza.

O bilhete foi entregue e voltávamos tranquilamente quando passamos pela olaria. Lá, vimos uma carroça carregada de tijolos; as rodas tinham ficado presas em sulcos profundos na lama dura, e o carroceiro gritava e açoitava os dois cavalos sem piedade. Joe parou. Que visão triste! Lá estavam os dois cavalos esforçando-se e empenhando todas as forças para desatolar a carroça, mas não conseguiam movê-la; o suor escorria de suas pernas e flancos, os costados arfavam e todos os músculos se retesavam, enquanto o homem, puxando ferozmente a cabeça do cavalo da frente, praguejava e fustigava com imensa brutalidade.

— Pare! — disse Joe. — Não açoite os cavalos assim. As rodas estão tão presas que eles não conseguem mexer a carroça.

O homem não lhe deu ouvidos e continuou açoitando.

— Pare! Por favor, pare! — insistiu Joe. — Vou ajudar o senhor a deixar a carroça mais leve. Agora eles não conseguem puxá-la.

— Vá cuidar da sua vida, seu patifezinho descarado. Da minha, cuido eu! — O homem estava enfurecido e, além disso, bêbado, e voltou a estalar o chicote. Joe me fez virar a cabeça e, no instante seguinte, seguíamos a pleno galope em direção à casa do oleiro. Não sei se John teria aprovado nosso ritmo, mas Joe e eu queríamos a mesma coisa e estávamos tão zangados que não teríamos conseguido ir mais devagar.

A casa ficava à beira da estrada. Joe bateu na porta e gritou:

— Ó de casa! O sr. Clay está?

A porta se abriu e o próprio sr. Clay saiu.

— Olá, rapaz! Você parece estar com pressa. Traz alguma ordem do sr. Gordon?

— Não, sr. Clay, mas há um sujeito em sua olaria açoitando dois cavalos até a morte. Pedi para ele parar e ele não parou. Eu disse que o ajudaria a deixar a carroça mais leve e ele não aceitou. Por isso, vim avisar o senhor. Por favor, vá! — A voz de Joe tremia de comoção.

— Obrigado, meu rapaz — respondeu o homem, correndo para pegar o chapéu, mas parou por um instante. — Você concordaria em depor sobre o que viu se eu puser esse homem diante de um magistrado?

— Concordaria, sim, e com prazer.

O homem partiu, e estávamos voltando para casa num trote ligeiro.

— Ora, qual é o problema, Joe? Você parece furioso — disse John enquanto o menino descia da sela.

— E estou mesmo, pode ter certeza — respondeu o menino, e, com palavras apressadas e nervosas, contou tudo o que havia acontecido. Geralmente, Joe era um jovenzinho tão tranquilo e gentil que foi espantoso vê-lo tão alterado.

— Muito bem, Joe! Você fez o certo, meu rapaz, quer o sujeito seja intimado ou não. Muita gente teria passado por ali e achado que não era da sua conta e que não deveria interferir. Ora, em se tratando de crueldade e opressão, é dever de todos interferir ao se ver diante delas. Você fez o certo, rapaz.

A essa altura, Joe estava calmo e orgulhoso porque John aprovava sua atitude. Ele limpou meus cascos e me escovou com a mão mais firme do que o normal.

Estavam indo para casa jantar quando um lacaio foi até o estábulo dizer que o mestre chamava Joe diretamente à sua sala particular, pois um homem fora acusado de maltratar cavalos e era preciso ouvir o testemunho dele. O menino enrubesceu até a testa e seus olhos cintilaram.

— Contem comigo — respondeu ele.

— Arrume-se um pouco — sugeriu John.

Joe endireitou a gravata, alisou o paletó com um puxão e saiu num instante. Nosso mestre era um dos magistrados do condado e, por isso, precisava resolver muitos casos ou indicar o que deveria ser feito. Por um tempo, não ouvimos mais nada no estábulo, pois era a hora do jantar dos homens, mas, quando Joe entrou mais uma vez, vi que estava de excelente humor. Ele me deu um tapinha brincalhão e disse:

— Não vamos aceitar esse tipo de coisa, certo, meu velho?

Depois, soubemos que ele deu um depoimento tão claro, e os cavalos estavam em tal estado de exaustão, exibindo as marcas dos maus-tratos que sofreram, que o carroceiro foi levado a julgamento e poderia ser condenado a dois ou três meses de prisão.

Foi maravilhoso ver a mudança pela qual Joe passou. John riu e disse que o menino tinha crescido alguns centímetros naquela semana, e acho que cresceu mesmo. Ele continuava tão bondoso e gentil quanto antes, mas agora havia mais propósito e determinação em tudo o que fazia — como se tivesse passado de menino para homem de uma vez só.

21

A despedida

Eu morava naquele lugar feliz havia três anos, mas tristes mudanças estavam prestes a acontecer. De quando em quando, sabíamos que a mestra ficava doente. As visitas do médico eram frequentes, e o mestre parecia mais sério e ansioso. Então, recebemos a notícia de que ela deveria sair de casa o quanto antes e passar dois ou três anos num país quente. A notícia caiu sobre todos como um dobre de finados. Todos sofremos por ela, mas o mestre logo começou a tomar providências para se desfazer dos seus negócios e deixar a Inglaterra. Antes, ouvíamos falar muito deles em nosso estábulo; depois, nada mais foi dito.

John cuidou do seu trabalho, silencioso e triste, e Joe mal assobiou. Houve diversas idas e vindas; Gengibre e eu trabalhamos muito.

As primeiras a partir foram as srtas. Jessie e Flora, com a governanta. Vieram se despedir de nós e abraçaram o pobre Passoleve como um velho amigo, o que de fato ele era. Depois, soubemos qual seria nosso destino. O mestre vendera Gengibre e eu para seu

velho amigo, o conde de W..., pois acreditava que sua propriedade seria um bom lar para nós. Ele deu Passoleve ao vigário, que estava procurando um pônei para a sra. Blomefield, mas com a condição de que ele jamais fosse vendido. Joe se encarregaria de cuidar dele e ajudar na casa; então, achei que Passoleve se daria bem. John recebeu muitas e ótimas ofertas de trabalho, mas disse que queria esperar um pouco e decidir com calma.

Na noite anterior à sua partida, o mestre entrou no estábulo para dar instruções a John e um último afago aos cavalos. Parecia desalentado; percebi isso pela sua voz. Acredito que nós, cavalos, conseguimos saber mais pela voz do que muitos homens.

— Já decidiu o que fazer, John? — perguntou ele. — Vejo que não aceitou nenhuma daquelas ofertas.

— Não, senhor. Decidi que, se conseguir trabalho com algum domador de potros e treinador de cavalos de primeira classe, será a coisa certa para mim. Muitos animais novos ficam assustados e mal comportados porque foram tratados da maneira errada, o que não aconteceria se o homem certo se encarregasse deles. Sempre me dei bem com os cavalos; se eu puder ajudar alguns deles a ter um bom começo, sentirei que estou fazendo o bem. O que o senhor acha?

— Não conheço nenhum homem em lugar nenhum que seja tão perfeito para isso quanto você. Você entende os cavalos e, de alguma forma, eles o entendem; com o tempo, também pode se estabelecer como treinador. Acho que é uma ótima ideia. Se eu puder ajudá-lo de alguma forma, mande-me uma carta. Falarei com meu agente em Londres e o recomendarei a ele.

O mestre deu a John o nome e o endereço. Depois, agradeceu pelos longos anos de serviço fiel, mas isso foi demais para John.

— Por favor, senhor, não, eu não aguento. O senhor e minha querida patroa fizeram tanto por mim que nunca poderei retribuir. Mas nunca os esqueceremos, e, se Deus quiser, um dia veremos a patroa voltar a ser como era. Não podemos perder a esperança, senhor.

O mestre apertou a mão de John, mas não disse nada, e os dois saíram do estábulo.

O último dia triste havia chegado. O lacaio levara a bagagem pesada no dia anterior, e agora só restavam o mestre, a mestra e a camareira dela. Gengibre e eu puxamos a carruagem até a porta da casa pela última vez. Os empregados trouxeram almofadas e tapetes e muitas outras coisas, e, quando tudo já estava em ordem, o mestre desceu os degraus carregando a mestra nos braços — eu estava ao lado da casa e vi tudo o que acontecia. Ele a acomodou com cuidado na carruagem, enquanto os empregados choravam à sua volta.

— Adeus, mais uma vez — disse ele. — Nunca nos esqueceremos de nenhum de vocês. — E entrou também. — Pode ir, John.

Joe obedeceu e nós trotamos devagar pela propriedade e pela vila, onde as pessoas estavam paradas à porta das casas para nos ver pela última vez e dizer:

— Que Deus os abençoe!

Quando chegamos à estação ferroviária, acho que a mestra andou da carruagem até a sala de espera. Eu a ouvi dizer com sua voz doce:

— Adeus, John. Deus o abençoe.

Senti um leve puxão na rédea, mas John não respondeu; talvez não conseguisse falar. Assim que Joe tirou tudo da carruagem, John o chamou para ficar com os cavalos enquanto ele ia até a plataforma. Pobre Joe! Ele ficou bem perto de nossas cabeças para esconder as próprias lágrimas. Logo o trem entrou chiando na estação e, depois de dois ou três minutos, as portas se fecharam com um baque, o guarda apitou e o trem partiu, deixando para trás apenas nuvens de fumaça branca e alguns corações muito apertados.

Quando o trem sumiu totalmente das vistas, John voltou.

— Nunca mais a veremos — disse ele. — Nunca.

Pegou as rédeas, subiu na boleia e, com Joe, nos conduziu devagar até a casa — mas não era mais nossa casa.

PARTE 2

22

Earlshall

Na manhã seguinte, depois do desjejum, Joe atrelou Passoleve ao cabriolé da patroa para levá-lo ao vicariato, mas primeiro veio se despedir, e Passoleve relinchou para nós do pátio. Depois, John colocou a sela em Gengibre e a guia em mim e nos conduziu por cerca de vinte e quatro quilômetros até Earlshall Park, onde o Conde de W. morava. Lá, havia uma casa excelente e muitos estábulos. Entramos no pátio por um portal de pedra e John pediu para falar com o sr. York. Levou um tempo até ele chegar. Era um homem de meia-idade e boa aparência, e sua voz deixava claro que esperava obediência. Foi muito amigável e educado com John e, depois de nos lançar um olhar desinteressado, chamou um cavalariço para nos levar às baias e convidou John para comer alguma coisa.

Fomos guiados até um estábulo bem iluminado e arejado e deixados em baias vizinhas, onde nos escovaram e alimentaram. Em cerca de meia hora, John e o sr. York, que seria nosso novo cocheiro, entraram para nos ver.

— Sr. Manly — disse ele, depois de olhar com atenção para nós dois —, não consigo ver nenhum defeito nesses cavalos, mas todos sabemos que eles têm suas peculiaridades, assim como os homens, e que, às vezes, precisam de tratamentos diferentes. Eu gostaria de saber se há alguma particularidade em algum deles que o senhor queira comentar.

— Bom, não acredito que exista parelha melhor no país, e muito me aflige me separar deles, mas um é bem diferente do outro — respondeu John. — O preto tem o temperamento mais perfeito que já conheci. Creio que nunca recebeu palavra ríspida nem gesto de violência desde que nasceu, e sente o maior prazer em fazer a vontade do cavaleiro. Mas a égua alazã deve ter sido maltratada; o vendedor nos disse isso. Quando chegou até nós, era hostil e desconfiada, mas, logo que entendeu em que tipo de lugar vivíamos, aos poucos, se tranquilizou. Por três anos, nunca vi o menor sinal de mau comportamento; quando é bem tratada, não há animal melhor nem mais disposto do que ela. Mas a constituição dela é, por natureza, mais irritável do que a do cavalo preto. As moscas a importunam mais, qualquer coisa errada no arreio a incomoda mais e, se ela for maltratada ou injustiçada, não é improvável que retribua na mesma moeda. O senhor sabe que muitos cavalos impetuosos fazem isso.

— É claro — disse York. — Entendo perfeitamente. Mas o senhor sabe que, num estábulo como este, não é fácil fazer todos os cavalariços agirem exatamente como deveriam. Eu faço o melhor que posso e é o que me cabe. Vou me lembrar do que disse a respeito da égua.

Estavam saindo do estábulo quando John parou e disse:

— É melhor eu avisar que nunca usamos a gamarra com nenhum dos dois. O cavalo preto nunca usou, e o vendedor disse que foi esse freio que arruinou o temperamento da outra.

— Bom, se vieram para cá, terão que usar a gamarra — disse York. — Também prefiro rédeas soltas, e Sua Senhoria sempre é muito razoável em relação aos cavalos, mas minha patroa... essa é outra história. Ela exige estilo e, se os cavalos da carruagem não estiverem de cabeça bem empinada, ela nem olhará para eles. Sou sempre contra o freio levantador e sempre serei, mas a patroa só aceita gamarras!

— Isso é realmente lamentável — disse John. — Mas agora preciso ir, senão, perderei o trem.

Ele se aproximou de cada um de nós para nos afagar e falar conosco pela última vez. Sua voz parecia mesmo um lamento.

Mantive meu rosto junto ao dele; foi só o que consegui fazer para me despedir. Depois, ele foi-se embora, e desde então nunca mais o vi.

No dia seguinte, Lorde W. veio nos ver e pareceu contente com nossa aparência.

— Tenho muita confiança nesses cavalos pelas referências que meu amigo, o sr. Gordon, me deu — disse ele. — É claro que não são da mesma cor, mas minha ideia é que servirão muito bem para a carruagem enquanto estivermos no interior. Antes de irmos para Londres, preciso encontrar um par para Barão. O cavalo preto, creio, é perfeito para cavalgar.

York então contou a ele o que John explicara sobre nós.

— Bom, fique de olho na égua e trate-os muito bem quando puser a gamarra — respondeu ele. — Eu diria que alguns agrados no começo os ajudarão a aceitá-la. Vou avisar sua patroa.

À tarde, fomos arreados e atrelados à carruagem, e, quando o relógio do estábulo bateu três horas, fomos levados até a frente da casa. Era muito imponente, três ou quatro vezes maior que a velha casa em Birtwick, mas não tão bonita, se é que um cavalo pode ter opinião. Havia dois lacaios a postos, usando librés gastas, calções escarlates e meias brancas. Em seguida, ouvimos um farfalhar de seda enquanto minha mestra descia os degraus de pedra. Ela deu a volta para nos ver. Era uma mulher alta, de aspecto orgulhoso, e parecia descontente com alguma coisa, mas não disse nada e entrou na carruagem. Essa foi a primeira vez que usei a gamarra e devo admitir que, embora com certeza fosse um transtorno não conseguir abaixar a cabeça de vez em quando, não a puxou mais para o alto do que eu estava acostumado a mantê-la. Fiquei preocupado com Gengibre, mas ela parecia tranquila e satisfeita.

No dia seguinte, às três horas, estávamos à porta mais uma vez, assim como os lacaios; ouvimos o vestido de seda farfalhar, a senhora desceu os degraus e, com voz autoritária, disse:

— York, você precisa puxar mais a cabeça desses cavalos. Assim, estão inaceitáveis.

York desceu da boleia e disse com muito respeito:

— Perdão, minha senhora, mas esses cavalos passaram três anos sem usar a gamarra e meu senhor disse que seria mais seguro acostumá-los aos poucos; mas, se Vossa Senhoria quiser, posso levantá-los um pouco mais.

— Faça isso — disse ela.

York veio até nossas cabeças e encurtou as gamarras pessoalmente — acho que só um buraco a mais, mas cada detalhe faz diferença, seja para melhor ou para pior, e naquele dia teríamos que subir um morro íngreme. Então, comecei a entender aquilo de que ouvira falar. É óbvio que eu queria pôr a cabeça para a frente e puxar a carruagem com vontade, como geralmente fazíamos, mas não, agora eu tinha que puxar com a cabeça erguida, e isso exauriu todo o meu ânimo, e o esforço se concentrou nas minhas costas e pernas. Quando chegamos, Gengibre disse:

— Agora você sabe como é. Mas não está tão ruim, e, se não piorar, não vou me queixar, pois aqui somos muito bem tratados. Mas, se me forçarem demais, ora, eles que tomem cuidado! Não aguento e não vou aceitar.

Dia após dia, buraco após buraco, nossas gamarras foram encurtadas e, em vez de esperar com alegria que me pusessem o arreio, como antes fazia, passei a temê-lo. Gengibre também estava inquieta, embora falasse muito pouco. Por fim, achei que o pior já tinha passado. Ficamos vários dias sem novos encurtamentos; decidi aproveitar isso ao máximo e cumprir meu dever, ainda que agora fosse um tormento constante em vez de um prazer. Mas o pior estava por vir.

23

Um golpe de liberdade

Um dia, minha mestra desceu mais tarde do que de costume e a seda farfalhou mais do que nunca.

— Leve-me até a casa da Duquesa de B. — disse ela, e, depois de um instante, acrescentou: — Você nunca vai levantar a cabeça desses cavalos, York? Levante-as de uma vez e chega dessa bobagem de agradar e ir aos poucos.

York veio até mim primeiro, enquanto o cavalariço ficava ao lado de Gengibre. Ele puxou minha cabeça para trás e prendeu a gamarra tão curta que foi quase insuportável. Depois, foi até Gengibre, que balançava a cabeça para cima e para baixo contra o freio, impaciente, como fazia nos últimos tempos. Ela já tinha uma boa ideia do que estava por vir e, no momento em que York tirou as gamarras da argola para encurtá-las, ela aproveitou a oportunidade e se empinou tão de repente que atingiu de raspão o nariz de York e derrubou-lhe o chapéu. O cavalariço quase foi ao chão. Num instante, os dois correram à cabeça de Gengibre, mas ela era páreo para eles e continuou a pular, se empinar e escoicear desesperadamente. Por fim, derrubou o varal da carruagem com um coice e caiu, depois de me dar uma pancada forte na perna. Não há como saber que outras travessuras ela poderia ter feito se York não tivesse se sentado com todo o peso do corpo bem em cima da cabeça dela para impedi-la de continuar, ao mesmo tempo que gritava:

— Soltem o cavalo preto! Peguem a chaveta e desengatem o varal! Alguém corte os tirantes aqui se não conseguirem soltá-lo! — Um dos lacaios correu até a chaveta e outro pegou uma faca da casa. O cavalariço logo me libertou de Gengibre e da carruagem e me levou de volta à baia. Ele me deixou lá do modo como estava e correu até York. Fiquei muito alvoroçado com o que acontecera e, se tivesse o hábito de dar coices ou me empinar, com certeza teria feito isso, mas nunca tive tal hábito, e lá fiquei, zangado, com a perna dolorida, a cabeça ainda puxada para o alto e presa às argolas do selote, incapaz de baixá-la. Eu estava desconsolado e sentia uma vontade enorme de dar um coice na primeira pessoa que se aproximasse.

Pouco depois, porém, Gengibre foi trazida por dois cavalariços muito maltratados e feridos. York entrou com ela, deu ordens e depois veio me ver. Num instante, ele baixou minha cabeça.

— Para o inferno com estas gamarras! — disse consigo. — Achei mesmo que teríamos problemas em breve. O patrão ficará muito contrariado. Mas, se o marido de uma mulher não consegue controlá-la, não é um empregado quem vai conseguir; por isso, lavo minhas mãos. Se ela não pode ir à festa no jardim da duquesa, não há nada que eu possa fazer.

York não disse isso na frente dos homens; quando estavam por perto, ele sempre falava com respeito. Ele tateou meu corpo e logo encontrou o lugar, acima do jarrete, onde Gengibre havia me escoiceado. Estava inchado e dolorido. Ele mandou passar uma esponja com água quente e, em seguida, uma loção.

Lorde W. ficou muito zangado ao saber o que acontecera, culpando York por ceder à vontade da patroa, ao que o cocheiro respondeu que, no futuro, preferiria muito mais receber ordens apenas do patrão, mas acho que a conversa não deu em nada, porque tudo continuou como antes. Achei que York poderia ter defendido melhor seus cavalos, mas talvez não me caiba julgar.

Gengibre nunca mais foi atrelada à carruagem, mas, depois que seus hematomas se curaram, um dos filhos mais novos de Lorde W. disse que gostaria de ficar com ela, pois tinha certeza de que seria uma boa caçadora. Quanto a mim, ainda era obrigado a puxar a carruagem e havia ganhado um novo parceiro, chamado Max, que fora acostumado à gamarra desde cedo. Perguntei como ele aguentava.

— Bom — disse ele —, aguento porque preciso, mas está encurtando meus anos de vida e, se você tiver que usar, vai encurtar os seus também.

— Você acha que nossos mestres sabem o quanto isso é ruim para nós?

— Não sei dizer, mas os comerciantes e os veterinários sabem muito bem. Certa vez, um comerciante treinou a mim e a outro cavalo para andarmos juntos; ele levantava nossas cabeças, como dizia, pouco a pouco, mais alto a cada dia. Um cavalheiro lhe perguntou por que ele fazia isso. "Porque, se não fizermos assim, as pessoas não os comprarão", disse ele. "O povo de Londres sempre quer que seus cavalos fiquem de cabeça erguida e deem passadas altas. Claro que é muito ruim para os cavalos, mas é bom para os negócios. Os cavalos logo se cansam ou adoecem, e as pessoas vêm comprar outra parelha". Isso foi o que ele disse na minha frente, e você pode julgar por sua conta.

O que sofri com aquela gamarra por quatro longos meses na carruagem de minha mestra seria difícil de descrever, mas tenho certeza de que, se tivesse durado muito mais, minha saúde ou minha paciência teriam se acabado. Antes disso, eu nunca soubera o que era espumar pela boca, mas agora a ação do freio afiado na língua e na mandíbula e a posição restrita da cabeça e do pescoço sempre criavam espuma em minha boca. Algumas pessoas acham isso muito bonito e comentam:

— Que criaturas vigorosas!

Mas espumar pela boca é tão antinatural para os cavalos quanto para os homens. É um sinal óbvio de um incômodo que deveria ser resolvido. Além disso, havia uma pressão em minha traqueia que, muitas vezes, dificultava a respiração. Quando voltava do trabalho, meu pescoço e meu peito estavam tensos e doloridos, a boca e a língua sensíveis, e eu, exausto e deprimido.

Em meu antigo lar, eu sempre soubera que John e meu mestre eram meus amigos, mas nesse novo lugar, embora em muitos aspectos eu fosse bem tratado, não tinha nenhum amigo. York talvez soubesse, e muito provavelmente sabia, como a gamarra me atormentava, mas imagino que ele a considerasse inevitável. De qualquer forma, ninguém fez nada para me aliviar.

24

Lady Anne ou um cavalo em fuga

No começo da primavera, Lorde W. e parte de sua família foram para Londres, e York foi com eles. Eu, Gengibre e alguns outros cavalos ficamos em casa, disponíveis para as pessoas, e o mestre cavalariço ficou no comando.

Lady Harriet, que também ficou em casa, era muito doente e nunca saía de carruagem, e Lady Anne preferia cavalgar com o irmão ou os primos. Era uma cavaleira perfeita, e tão alegre e gentil quanto bela. Ela me escolheu como seu cavalo e me chamou de "Ventania". Eu gostava muito dos nossos passeios ao ar frio e límpido, às vezes com Gengibre, às vezes com Lizzie, que era uma égua baia radiante, quase puro-sangue, e uma das favoritas dos cavalheiros, por causa da sua energia admirável e do seu espírito vivaz. Mas Gengibre, que a conhecia melhor do que eu, disse que ela era um tanto nervosa.

Havia um cavalheiro chamado Blantyre hospedado na casa. Ele sempre cavalgava Lizzie e a elogiava tanto que, um dia, Lady Anne mandou pôr nela o silhão, e a outra sela em mim. Quando chegamos à porta, o cavalheiro demonstrou apreensão.

— Como assim? — perguntou ele. — Está cansada do seu bom Ventania?

— Ah, não, de forma alguma — respondeu ela. — Mas sou amável o suficiente para deixar que você o cavalgue pelo menos uma vez, e experimentarei montar sua encantadora Lizzie. Precisa admitir que, no tamanho e na aparência, ela se parece muito mais com a montaria de uma dama do que o meu favorito.

— Permita-me aconselhá-la a não montar nela. É uma criatura encantadora, mas nervosa demais para uma dama. Garanto que não é perfeitamente segura. Por favor, mande trocar as selas.

— Meu querido primo — Lady Anne riu —, por favor, não aflija sua mente boa e cuidadosa por mim. Sou cavaleira desde pequena e já acompanhei os cães muitas vezes, embora saiba que você não aprova a participação das damas nas caçadas. Ainda assim, esse é o fato, e pretendo experimentar essa Lizzie de que vocês, cavalheiros, tanto gostam. Então, por favor, me ajude a montar, como o bom amigo que é.

Não havia mais nada a dizer; ele a acomodou com cuidado na sela, ajustou o freio e a barbela, passou as rédeas com delicadeza para a mão dela e depois montou em mim. Quando estávamos de partida, um lacaio saiu da casa com um pedaço de papel e um recado de Lady Harriet.

— Podem perguntar isso na casa do dr. Ashley e trazer a resposta para ela?

A vila ficava a cerca de um quilômetro e meio, e a casa do médico era a última. Seguimos alegremente até chegarmos ao portão dele. Havia um caminho curto até a casa entre árvores altas e perenes.

Blantyre apeou ao portão e ia abri-lo para Lady Anne, mas ela disse:

— Vou esperar por você aqui. Pode pendurar as rédeas de Ventania no portão.

Ele olhou para ela, inseguro, e disse:

— Não vou levar nem cinco minutos.

— Ah, não tenha pressa. Lizzie e eu não vamos fugir.

Ele pendurou minha rédea numa das pontas de ferro do portão e logo desapareceu entre as árvores. Lizzie ficou parada tranquilamente à beira da estrada, a alguns passos de distância e de costas para mim. Minha jovem mestra estava bem acomodada na sela, com a rédea solta, murmurando uma canção. Escutei os passos do meu cavaleiro chegarem à casa do médico e o ouvi bater à porta. Do outro lado da estrada, havia um pasto cujo portão estava aberto; de repente, alguns cavalos de tração e vários potros chegaram trotando de modo muito desordenado, enquanto um menino atrás deles estalava um grande chicote. Os potros eram selvagens e brincalhões; um deles avançou pela estrada e tropeçou nas patas traseiras de Lizzie, e, se foi o potro tolo ou o estalo alto do chicote, ou ambos, não sei dizer; só sei que ela deu um coice brutal e disparou num galope precipitado. Foi tão repentino que Lady Anne quase caiu da sela, mas logo se recuperou. Dei um relincho alto e estridente, pedindo socorro; relinchei várias e várias vezes, batendo os cascos no chão, aflito, e balançando a cabeça para soltar a rédea. Não precisei esperar muito. Blantyre correu para o portão, olhou em volta, aflito, e por pouco avistou seu contorno veloz, já distante na estrada. Num instante, ele subiu na sela. Não precisou de chicote nem de espora, pois eu estava tão ansioso quanto meu cavaleiro; ele percebeu isso, deu-me rédea solta, inclinou-se um pouco para a frente e corremos atrás delas.

A estrada seguia em linha reta por cerca de um quilômetro e meio, depois, virava-se para a direita e, no fim, dividia-se em duas. Muito antes de chegarmos à curva, ela já havia sumido de vista. Para que lado tinha ido? Havia uma mulher parada ao portão de um jardim, protegendo os olhos com a

mão e olhando atentamente para a estrada. Mal puxando as rédeas, Blantyre gritou:

— Para onde?

— Para a direita! — exclamou a mulher, apontando com a mão, e tomamos aquela direção. Por um momento nós a avistamos; outra curva e ela sumiu de novo. Tivemos vários vislumbres e em seguida a perdemos. Parecia que mal conseguíamos ganhar terreno e nos aproximar dela. Um velho cantoneiro estava parado ao lado de uma pilha de pedras; tinha largado sua pá e levantado as mãos. Quando nos aproximamos, ele fez sinal de que queria falar. Blantyre puxou um pouco as rédeas.

— Para a trilha, para a trilha, senhor; ela foi para lá.

Eu conhecia bem aquela trilha: o terreno pelo qual passava era, em sua maior parte, muito irregular, coberto de urze e arbustos de tojo verde-escuro, com um velho espinheiro atrofiado aqui e ali; também havia espaços abertos de capim curto e bom, com formigueiros e buracos de toupeiras por toda parte — o pior lugar possível para um galope precipitado.

Mal havíamos chegado à trilha quando avistamos outra vez o traje de montaria verde voando à nossa frente. O chapéu de Lady Anne sumira, e seus cabelos longos e castanhos esvoaçavam atrás dela. A cabeça e o corpo estavam inclinados para trás, como se ela estivesse puxando as rédeas com toda a força que lhe restava, e como se essa força estivesse quase esgotada. Ficou óbvio que a irregularidade do terreno diminuíra muito a velocidade de Lizzie, e parecia que teríamos a chance de alcançá-la.

Enquanto estávamos na estrada, Blantyre havia deixado minha rédea solta, mas agora, com a mão leve e o olhar experiente, ele me guiava por aquele terreno de modo tão magistral que o ritmo das minhas passadas mal diminuíra e estávamos decididamente ganhando terreno.

Quase na metade do urzal havia uma grande vala aberta recentemente, e a terra retirada de lá fora amontoada do outro lado. Com certeza isso as faria parar! Mas não; Lizzie mal se deteve e pulou a vala, pisou em falso entre os torrões de terra e caiu. Blantyre resmungou:

— Agora, Ventania, faça o melhor que puder!

Ele manteve a rédea firme. Eu me preparei e, com um salto decidido, pulei tanto a vala quanto o monte de terra.

Imóvel entre as urzes, com o rosto na terra, jazia minha pobre e jovem mestra. Blantyre se ajoelhou e chamou o nome dela, mas não teve resposta. Com cuidado, ele virou o rosto dela para cima: estava horrivelmente pálido e os olhos estavam fechados.

— Annie, querida Annie, fale comigo! — Mas ainda assim não houve resposta. Ele desabotoou o traje dela, afrouxou o colarinho, tateou as mãos e sentiu o pulso dela; depois, levantou-se e olhou desesperadamente em torno de si, em busca de socorro.

A uma distância não muito grande havia dois homens cortando mato que, vendo Lizzie passar desabalada e sem cavaleiro, largaram o trabalho para tentar detê-la. O chamado de Blantyre logo os atraiu até o local. O homem que chegou primeiro pareceu muito perturbado com a visão e perguntou o que poderia fazer.

— Sabe cavalgar?

— Bom, senhor, não sou grande coisa como cavaleiro, mas arriscaria o pescoço por Lady Anne. Ela foi boa demais para minha mulher no inverno.

— Então, monte este cavalo, meu amigo, que seu pescoço estará seguro, vá até o médico e peça que venha agora mesmo. Depois, vá até a casa, conte tudo o que sabe e peça que me mandem a carruagem com a camareira de Lady Anne e ajudantes. Ficarei aqui.

— Pode deixar, senhor. Vou fazer o possível e rogo a Deus que a querida jovem possa abrir os olhos em breve. — Então, vendo o outro homem, ele gritou: — Aqui, Joe! Vá buscar um pouco d'água e diga para minha senhora vir o mais rápido possível ajudar Lady Anne.

De alguma forma ele conseguiu subir na sela e, com um "Bora" e uma pancadinha nos meus flancos com as duas pernas, começou a jornada, fazendo uma pequena volta para se desviar da vala. Ele não tinha chicote, o que pareceu incomodá-lo, mas meu ritmo logo acabou com essa dificuldade, e ele descobriu que a melhor coisa que podia fazer era manter-se na sela e me guiar, o que fez corajosamente. Eu o balancei o mínimo possível, mas uma ou duas vezes, naquele terreno acidentado, ele gritou:

— Firme! Ôa! Firme!

Na estrada, saímo-nos bem, e na casa do médico e na mansão ele cumpriu sua incumbência como um homem bom e honrado. Pediram que entrasse para beber um gole de alguma coisa.

— Não, não — disse ele. — Vou voltar por um atalho no campo para chegar lá antes da carruagem.

Houve muita pressa e rebuliço depois que a notícia se espalhou. Deixaram-me em minha baia, tiraram-me a sela e a cabeçada e me cobriram com um pano.

Gengibre foi selada e mandada a toda pressa para buscar Lorde George, e logo ouvi a carruagem sair do pátio.

Um longo tempo pareceu ter-se passado até que Gengibre voltasse e ficássemos sozinhos, e ela me contou tudo o que tinha visto.

— Não tenho muito a dizer — começou ela. — Fizemos quase todo o caminho a galope e chegamos na mesma hora que o médico. Uma mulher estava sentada no chão com a cabeça da mestra no colo. O médico derramou alguma coisa em sua boca, mas a única coisa que ouvi foi: "Ela não morreu". Então, um homem me levou a uma pequena distância. Depois, carregaram-na até a carruagem e voltamos para casa todos juntos. Um cavalheiro parou meu mestre para perguntar o que havia acontecido e eu o ouvi dizer que esperava que nenhum osso estivesse quebrado, mas que ela ainda estava inconsciente.

Quando Lorde George levou Gengibre para caçar, York balançou a cabeça, dizendo que era preciso ter mão firme para treinar um cavalo para a primeira temporada de caça, e não era para um cavaleiro qualquer como ele.

Gengibre gostava muito de caçar, mas às vezes, quando voltava, eu percebia que ela fizera um grande esforço e que, de vez em quando, tossia. Ela era animada e vigorosa demais para se queixar, mas não pude deixar de ficar apreensivo por ela.

Dois dias depois do acidente, Blantyre me fez uma visita, me afagou e me elogiou muito, dizendo a Lorde George que tinha certeza de que o cavalo sabia o perigo que Annie corria tanto quanto ele.

— Eu não poderia tê-lo contido nem se quisesse — disse ele. — Ela nunca deveria cavalgar nenhum outro cavalo além deste. — Pela conversa, entendi que agora minha jovem mestra estava fora de perigo e logo seria capaz de cavalgar outra vez. Eu sabia que era uma boa notícia e que havia uma vida feliz à minha espera.

25

Reuben Smith

Agora, preciso falar um pouco sobre Reuben Smith, que ficou encarregado dos estábulos quando York foi para Londres. Ninguém entendia melhor esse ofício do que ele e, quando estava bem, não havia homem mais fiel e valioso. Era gentil e muito hábil no manejo dos cavalos, capaz de tratar deles quase tão bem quanto um veterinário, pois tinha passado dois anos morando com um. Era um cocheiro de primeira categoria, capaz de conduzir uma carruagem com duas parelhas enfileiradas ou dois cavalos em fila com a mesma facilidade com que conduzia uma parelha lado a lado. Era um homem bonito, estudioso e dotado de ótimas maneiras. Creio que todos gostassem dele; os cavalos sem dúvida gostavam. O que admirava era vê-lo num posto inferior e não no lugar de um cocheiro-chefe como York, mas o caso é que ele tinha o grande defeito de amar a bebida.

Ele não era como certos homens que bebiam o tempo todo; em geral, ficava firme por semanas e meses seguidos, depois tinha um "surto", como York dizia, e se tornava uma vergonha para si mesmo, um terror para sua mulher e um incômodo para todas as pessoas que se relacionassem com ele. Contudo, ele era tão útil que duas ou três vezes York encobrira a situação, impedindo que o conde tomasse conhecimento dela. Mas uma noite, quando teve que levar um grupo para casa depois de um baile, Reuben estava tão bêbado que não conseguia segurar as rédeas, e um cavalheiro do grupo precisou subir na boleia e levar as mulheres para casa. Foi impossível esconder o acontecido, é claro, e Reuben foi dispensado sem demora; sua pobre mulher e os filhos pequenos tiveram que deixar a bonita casinha junto do portão da propriedade e ir para outro lugar.

O velho Max me contou tudo isso, pois tinha acontecido havia muito tempo, mas, pouco antes de Gengibre e eu chegarmos, Smith fora readmitido. York intercedera por Reuben Smith diante do conde, um homem de bom coração, e Reuben prometera fielmente nunca mais provar outra gota enquanto morasse lá. Ele havia cumprido a promessa tão bem que York o considerou confiável o bastante para ocupar seu lugar quando não estivesse lá, e era tão inteligente e honesto que parecia a pessoa mais adequada para o trabalho.

Era o começo de abril, e a família voltaria para casa em maio. A carruagem leve precisava de conserto e, como o coronel Blantyre devia voltar ao seu regimento, combinou-se que Smith o transportaria com ela até a cidade e voltaria a cavalo; para isso, levou consigo a sela e eu fui escolhido para o trajeto. Na estação, o coronel deixou algum dinheiro nas mãos de Smith e despediu-se dele, dizendo:

— Cuide de sua jovem patroa, Reuben, e não deixe Ventania ser maltratado por nenhum jovenzinho pedante que queira montá-lo; ele é exclusivamente da senhora.

Deixamos a carruagem na oficina e Smith me cavalgou até o White Lion, pedindo ao cavalariço que me alimentasse bem e me deixasse pronto para ele às quatro em ponto. Um cravo numa das minhas ferraduras dianteiras começara a se soltar no caminho, mas o cavalariço só percebeu quando já eram quase quatro horas. Smith não voltou antes das cinco e, ao chegar ao pátio, disse que não sairia antes das seis, pois havia encontrado velhos amigos. O homem então lhe falou sobre o cravo e perguntou se deveria mandar alguém cuidar da ferradura.

— Não, vai aguentar até chegarmos em casa — respondeu Smith.

Ele falava em voz alta e sem-cerimônia, e achei muito atípico da sua parte não tratar da ferradura, pois em geral ele era extremamente detalhista com os cravos frouxos nos nossos cascos. Ele não voltou às seis, nem às sete, nem às oito; eram quase nove horas quando foi me buscar. Chegou com a voz alta e rude, parecia estar de péssimo humor e ofendeu o cavalariço, embora eu não entendesse por quê.

O estalajadeiro apareceu à porta e disse:

— Tome cuidado, sr. Smith! — Mas sua única resposta foi um impropério zangado, e pouco antes de sair da cidade ele me fez começar a galopar, dando-me golpes frequentes e cortantes com o chicote, embora eu estivesse correndo a toda pressa. A lua ainda não havia aparecido e estava muito escuro. As estradas estavam pedregosas, pois tinham sido consertadas recentemente; ao passar por elas nesse ritmo, minha ferradura afrouxou ainda mais e, quando nos aproximávamos do portão da barreira do pedágio, ela caiu.

Se Smith estivesse em seu juízo perfeito, teria percebido que havia alguma coisa errada com meu galope, mas estava bêbado demais para notar.

Depois da barreira havia um trecho longo de estrada no qual pedras novas tinham acabado de ser espalhadas — pedras grandes e afiadas, sobre as quais nenhum cavalo poderia ser conduzido rapidamente sem correr perigo. Por essa estrada, com uma ferradura a menos, fui obrigado a galopar na velocidade máxima, enquanto o cavaleiro me cortava com o chicote e, com

insultos furiosos, me incitava a correr ainda mais rápido. É óbvio que minha pata descalça sofreu imensamente; o casco se quebrou e rachou até o âmago, e o interior ficou terrivelmente cortado pelas pedras afiadas.

Era impossível continuar. Nenhum cavalo conseguiria manter-se de pé em tais circunstâncias; a dor era forte demais. Tropecei e caí brutalmente de joelhos. Minha queda atirou Smith da sela e, em virtude da velocidade com que eu corria, a queda deve ter sido muito dolorosa. Logo recuperei o equilíbrio e manquei até a beira da estrada, onde não havia pedras. A lua acabara de despontar e, à sua luz, consegui ver Smith deitado alguns metros à minha frente. Ele não se levantou; fez uma vaga tentativa de se erguer e soltou um gemido alto. Eu também poderia ter gemido, pois sofria de dores intensas nas patas e nos joelhos, mas os cavalos estão acostumados a suportar a dor em silêncio. Não emiti nenhum som; apenas fiquei lá e escutei. Mais um gemido alto de Smith; ainda que agora ele estivesse plenamente visível à luz da lua, não consegui ver nenhum movimento. Eu não podia fazer nada por ele nem por mim, mas, ah! Como ansiei pelo som de cavalos, ou de rodas, ou de passos! A estrada não era muito frequentada e, àquela hora da noite, qualquer socorro poderia levar horas para chegar. Fiquei lá, olhando e ouvindo. Era uma noite de abril, calma e bela; a não ser por algumas notas graves de um rouxinol, não havia som, e nada se mexia além das nuvens brancas perto da lua e de uma coruja marrom que voou por sobre a sebe. Isso me fez pensar nas noites de verão de muito tempo atrás, quando eu me deitava ao lado de minha mãe no lindo prado verde do fazendeiro Grey.

26

Como terminou

Devia ser quase meia-noite quando ouvi, a longa distância, o som das patas de um cavalo. Às vezes, o som esmorecia, depois voltava a ficar mais nítido e mais próximo. A estrada para Earlshall passava por um bosque que pertencia ao conde; o som vinha daquela direção, e eu esperava que fosse alguém à nossa procura. À medida que o som se aproximava, tive quase certeza de que conseguia distinguir os passos de Gengibre; pouco depois, percebi que ela vinha com a carroça. Relinchei alto e fiquei felicíssimo ao ouvi-la relinchar em resposta, além de vozes masculinas. Eles chegaram devagar por cima das pedras e pararam diante da figura deitada no chão.

Um dos homens desceu e se abaixou junto dele.

— É Reuben, e não está se mexendo!

O outro homem se aproximou e se curvou sobre ele.

— Morreu — disse ele. — Sinta as mãos dele: estão frias.

Eles o levantaram, mas não restava vida e seu cabelo estava empapado de sangue. Deitaram-no outra vez e vieram ver como eu estava. Logo viram meus joelhos feridos.

— Ora, o cavalo caiu e o jogou longe! Quem poderia imaginar que o cavalo preto faria isso? Ninguém achou que ele pudesse cair. Reuben deve ter ficado deitado aqui por muitas horas! Também é estranho que o cavalo não tenha se arredado daqui.

Robert tentou me fazer andar. Dei um passo à frente, mas quase caí de novo.

— Opa! Ele está ferido tanto na pata quanto nos joelhos. Olhe aqui... o casco se partiu em pedaços; não admira que tenha caído, coitado! Ouça, Ned, infelizmente, parece que Reuben não agiu bem. Pense nele fazendo um cavalo correr por essas pedras sem uma ferradura! Ora, se estivesse em seu juízo perfeito, seria o mesmo que tentar fazê-lo pular por cima da lua. Receio que tenha sido a velha história outra vez. Pobre Susan! Ela estava tão pálida quando foi à minha casa perguntar se ele não tinha voltado. Tentou fingir que não estava nem um pouco apreensiva e falou de muitas coisas que poderiam tê-lo atrasado. Apesar disso, ela me implorou para vir procurá-lo. O que devemos fazer? Precisamos levar o cavalo para casa, assim como o corpo, e não será fácil.

Seguiu-se uma conversa entre os dois, até combinarem que Robert, como cavalariço, deveria me conduzir, e que Ned levaria o corpo. Foi difícil depositá-lo na carroça, pois não havia ninguém para segurar Gengibre, mas ela sabia o que estava acontecendo tão bem quanto eu e ficou quieta como uma pedra. Percebi isso porque, se Gengibre tinha um defeito, era ficar ansiosa quando estava parada.

Ned começou a levar sua triste carga bem devagar e Robert veio olhar minha pata outra vez; então, pegou seu lenço, amarrou-o com firmeza em volta do casco e assim me levou para casa. Jamais me esquecerei daquela caminhada noturna; foram quase oito quilômetros. Robert me levou sem pressa, e manquei e coxeei o melhor que pude, sentindo muita dor. Tenho certeza de que ele teve pena de mim, pois me afagou muitas vezes e me incentivou, falando comigo com voz amável.

Por fim, cheguei à minha baia e comi um pouco de cereal; depois de enfaixar meus joelhos com panos úmidos, Robert envolveu minha pata num cataplasma de farelo para drenar o calor e limpá-la antes que o veterinário chegasse de manhã; consegui me deitar na palha e dormir, apesar da dor.

No dia seguinte, depois que o ferrador examinou minhas feridas, disse que esperava que a articulação não estivesse danificada; nesse caso, eu não ficaria incapacitado para o trabalho, mas a cicatriz nunca desapareceria. Acredito que fizeram o possível para me curar, mas foi um processo demorado e doloroso. O tecido de granulação, como diziam, cresceu nos meus joelhos e foi queimado com uma substância cáustica; quando finalmente sarou, aplicaram um líquido abrasador por cima dos joelhos para tirar todo o pelo; deviam ter uma razão para fazer isso, e não me incomodei.

Como a morte de Smith havia sido muito repentina e ninguém estivera lá para testemunhá-la, houve um inquérito. O estalajadeiro e o cavalariço do White Lion, além de várias outras pessoas, declararam que ele estava embriagado ao sair da hospedaria. O guarda do pedágio disse que ele passou o portão a galope e que minha ferradura ficou presa entre as pedras, de modo que as circunstâncias ficaram óbvias para todos e fui inocentado de toda a culpa.

Todos lamentaram por Susan. Ela estava quase fora de si, repetindo sem parar:

— Ah! Ele era tão bom... tão bom! Foi tudo culpa daquela bebida infernal. Por que vendem aquela bebida? Ah, Reuben, Reuben!

Ela continuou assim até depois do enterro; então, como não tinha casa nem parentes, ela, com os seis filhos pequenos, foi mais uma vez obrigada a deixar a cabana bonita perto dos carvalhos altos e ir morar naquela casa grande e lúgubre que era o asilo dos pobres.

27

Arruinados e em declínio

Assim que meus joelhos ficaram curados o suficiente, fui levado para um pequeno prado por um ou dois meses; não havia nenhuma outra criatura lá e, embora eu gostasse da liberdade e do capim, havia tanto tempo que estava acostumado a ter companhia que me senti muito só. Gengibre e eu tínhamos nos tornado grandes amigos, e minha saudade dela era imensa. Muitas vezes relinchei ao ouvir passos de cavalos passando na estrada, mas raramente obtive resposta, até que, certa manhã, abriu-se o portão e quem entrou, se não a querida Gengibre? O homem tirou o cabresto dela e a deixou lá. Com um relincho alegre, trotei até ela; ambos ficamos felizes em nos rever, mas logo descobri que não foi para nossa alegria que a levaram para ficar comigo. A história dela é longa demais para contar, mas, no fim, as cavalgadas excessivas a haviam exaurido e agora ela estava de folga para ver se o descanso lhe faria bem.

Lorde George era jovem e não aceitava conselhos; era um cavaleiro incansável e caçava em todas as oportunidades, sem dar importância à montaria. Logo depois que deixei o estábulo, houve uma corrida de obstáculos e ele decidiu participar. Embora o cavalariço o tenha avisado de que ela estava um pouco cansada e não estava preparada para aquela corrida, ele não acreditou e, na data marcada, fez Gengibre acompanhar os cavaleiros na dianteira. Sempre animada, ela se esforçou ao máximo e chegou com os três primeiros cavalos, mas ficou sem fôlego; além disso, ele era pesado demais para ela e forçou suas costas.

— E assim — concluiu ela —, aqui estamos, arruinados no auge da juventude e do vigor, você por um bêbado e eu por um tolo; é muito difícil.

Ambos sentíamos, no íntimo, que não éramos mais o que havíamos sido. No entanto, isso não arruinou o prazer que sentíamos na companhia um do outro; não galopávamos como fazíamos antes, mas nos alimentávamos, nos deitávamos juntos e passávamos horas à sombra de uma das tílias com as cabeças uma perto da outra, e assim passamos o tempo até a família voltar da cidade.

Um dia, vimos o conde entrar no prado com York. Vendo quem eram, paramos embaixo da nossa tília e os deixamos se aproximarem de nós. Eles nos examinaram atentamente. O conde pareceu muito irritado.

— Trezentas libras foram desperdiçadas por motivo nenhum — disse ele. — Mas o que mais me incomoda é que os cavalos do meu velho amigo, que os deixou comigo para que tivessem uma boa vida, estejam arruinados. A égua vai continuar por mais um ano, e veremos como vai ficar, mas o preto precisa ser vendido. É uma lástima, mas não posso aceitar joelhos como esses em meu estábulo.

— Não, senhor, claro que não — respondeu York. — Mas ele pode ir para um lugar onde a aparência não tenha muita importância e ainda assim ser bem tratado. Conheço um homem em Bath, dono de um estábulo de aluguel, que muitas vezes precisa de um bom cavalo a um preço baixo. Sei que ele cuida bem dos cavalos. O inquérito mostrou que o cavalo não teve culpa, e a recomendação de Sua Senhoria, ou a minha, seria garantia suficiente para ele.

— Mande uma mensagem para ele, York. Eu me interesso mais pelo lugar do que pelo dinheiro.

Depois disso, eles nos deixaram.

— Logo vão levá-lo embora — disse Gengibre —, e eu perderei o único amigo que tenho, e muito provavelmente nunca mais nós nos veremos. Que mundo difícil!

Mais ou menos uma semana depois disso, Robert entrou no prado com um cabresto, que encaixou em minha cabeça, e me levou dali. Não pude me despedir de Gengibre; relinchamos um para o outro enquanto eu era levado e ela trotou aflita ao longo da sebe, chamando-me o tempo todo enquanto conseguia ouvir o som das minhas patas.

Por recomendação de York, o dono do estábulo de aluguel me comprou. Tive que ir de trem, o que foi novidade para mim e exigiu muita coragem na primeira vez, mas, quando descobri que as lufadas, a pressa, o assobio e, mais do que tudo, o tremor do vagão para cavalos em que eu estava não me fariam nenhum mal verdadeiro, logo fiquei tranquilo.

Terminada a viagem, me vi num estábulo razoavelmente confortável e bem cuidado, mas não tão arejado e bonito quanto aqueles a que estava acostumado. As baias estavam dispostas num declive em vez de num chão nivelado, e, como minha cabeça ficava amarrada à feneira, eu era obrigado a ficar de pé sempre nesse declive, o que era muito cansativo. Os homens parecem ainda não saber que os cavalos conseguem trabalhar mais se puderem ficar de pé e se mexer confortavelmente; contudo, eu estava bem alimentado e limpo, e, no geral, acho que nosso mestre cuidava de nós tanto quanto podia. Ele tinha muitos cavalos e carruagens de diferentes tipos para alugar. Às vezes, seus próprios empregados os conduziam; outras vezes, cavalheiros ou damas alugavam o cavalo e a carruagem e os conduziam por conta própria.

28

Um cavalo de trabalho e seus condutores

Até então, eu sempre havia sido conduzido por pessoas que pelo menos sabiam conduzir, mas naquele lugar eu ia adquirir experiência com os mais variados tipos de condução ruim e ignorante a que nós, cavalos, somos submetidos, pois eu era um "cavalo de trabalho", entregue a toda espécie de pessoa que quisesse me contratar, e, como era dócil e gentil, acho que era entregue com mais frequência para os condutores ignorantes do que alguns dos outros cavalos, porque era confiável. Levaria tempo demais para falar de todos os modos diferentes como fui conduzido, mas citarei alguns deles.

Primeiro, havia os condutores de rédea curta — homens que parecem achar que tudo depende de segurar as rédeas com a máxima força possível, nunca relaxando a pressão na boca do cavalo nem permitindo a mínima liberdade de movimento.

Estão sempre falando em "controlar bem o cavalo" e "manter o cavalo de pé", como se o cavalo não fosse feito para ficar de pé por conta própria.

Talvez alguns pobres cavalos exauridos, cuja boca foi endurecida e insensibilizada por tais condutores, possam mesmo se apoiar nessa prática; porém, para um cavalo que pode confiar nas próprias pernas, que tem a boca sensível e é fácil de conduzir, isso não apenas é uma tortura, mas uma estupidez.

Há também os condutores de rédeas soltas, que deixam as rédeas frouxas tocarem nossas costas e mantêm as mãos apoiadas preguiçosamente nos joelhos. É óbvio que tais cavalheiros não terão controle sobre o cavalo se alguma coisa acontecer de repente. Se o cavalo se assustar e recuar, disparar ou tropeçar, eles não servirão para nada e não poderão deter o cavalo nem a si mesmos antes que o pior aconteça. É óbvio que eu, pessoalmente, não me opunha a isso, pois não tinha o hábito de disparar nem de tropeçar, e me acostumara a confiar na orientação e no incentivo de meu condutor. Mesmo assim, é bom sentir uma ligeira tensão nas rédeas ao descer uma ladeira e é bom saber que o condutor não adormeceu.

Além disso, uma condução negligente cria hábitos ruins e às vezes preguiçosos no cavalo, e, quando ele é entregue a outrem, tais hábitos precisam ser arrancados com certa dose de dor e dificuldade. O sr. Gordon sempre incentivou nossa melhor andadura e nosso melhor comportamento. Ele dizia que mimar um cavalo e deixá-lo adotar hábitos ruins era tão cruel quanto mimar uma criança, e ambos sofreriam por isso depois.

Além disso, esses condutores geralmente são descuidados em tudo e dão atenção a qualquer coisa, menos a seus cavalos. Certo dia, saí atrelado ao fáeton com um deles; ele levava uma dama e duas crianças atrás. Sacudiu as rédeas enquanto começávamos a andar, e é claro que me deu vários golpes de chicote sem sentido, embora eu estivesse em boa velocidade. Diversos buracos na estrada haviam sido preenchidos com pedras pouco tempo antes e, mesmo onde não eram tão recentes, muitas delas estavam soltas pelo caminho. Meu condutor ria e fazia piadas com a mulher e as crianças, falando sobre a paisagem à direita e à esquerda, mas nem imaginou que deveria ficar atento ao cavalo nem o conduzir pelas partes mais lisas da estrada; foi assim que me aconteceu de ficar com uma pedra presa numa das patas dianteiras.

Se o sr. Gordon ou John, ou na verdade qualquer bom condutor, estivessem lá, teria visto que havia algo errado antes que eu desse três passos. Mesmo que estivesse escuro, a mão experiente sentiria pela rédea que havia algum problema no meu caminhar e teria descido para tirar a pedra. Mas aquele homem continuou rindo e falando, enquanto a cada passo a pedra se fincava com mais firmeza entre a ferradura e a ranilha da minha pata. A pedra era pontiaguda por dentro e arredondada por fora, o que, como todos sabem, é o tipo mais perigoso de pedra que um cavalo pode encontrar, pois corta a pata ao mesmo tempo que o deixa mais propenso a tropeçar e cair.

Não sei se o homem era parcialmente cego ou só muito descuidado, mas ele me conduziu com aquela pedra na pata por quase um quilômetro antes de perceber alguma coisa. Àquela altura, eu estava mancando tanto de dor que finalmente ele viu e gritou:

— Era só o que faltava! Ora, deram-nos um cavalo manco! Que lástima! — Ele então balançou as rédeas e brandiu o chicote, dizendo: — Agora, não vá bancar o frouxo comigo; temos uma viagem pela frente e não adianta ficar manco e preguiçoso.

Foi então que um fazendeiro apareceu cavalgando um cavalo marrom. Ele ergueu a aba do chapéu, parou e disse:

— Com licença, senhor, mas acho que há algo errado com seu cavalo; pelo andar, parece que ele está com uma pedra no casco. Se me permitir, vou examinar as patas dele; essas pedras soltas são terrivelmente perigosas para os cavalos.

— É um cavalo alugado — respondeu meu condutor. — Não sei o que há com ele, mas é uma vergonha pôr um animal manco como este para puxar uma carroça.

O fazendeiro desmontou e, passando a rédea por cima do braço num instante, pegou minha pata mais próxima.

— Ora essa, há uma pedra! Manco? De jeito nenhum!

A princípio, ele tentou arrancá-la com a mão, mas, como agora estava muito bem fincada, ele tirou um canivete do bolso e, com muito cuidado e dificuldade, conseguiu extraí-la. Então, erguendo a pedra, disse:

— Pronto, esta é a pedra que ficou presa no casco do seu cavalo. É surpreendente que ele não tenha caído e quebrado os joelhos!

— Ora, com certeza, isso é muito esquisito! — respondeu meu condutor. — Eu não sabia que os cavalos podiam ficar com pedras presas no casco.

— Não sabia? — respondeu o fazendeiro com certo desdém. — Mas podem, e isso acontece com os melhores cavalos. Às vezes, é inevitável que aconteça numa estrada como esta. Se o senhor não quiser que seu cavalo fique manco, precisa prestar atenção e tirá-las o quanto antes. Esta pata está muito machucada — disse ele, colocando-a delicadamente no chão e me afagando. — Se eu puder dar um conselho ao senhor, é melhor conduzi-lo devagar por um tempo; a pata está doendo muito e ele vai continuar mancando por um tempo.

Em seguida, montou seu cavalo e, erguendo a aba do chapéu para a dama, partiu trotando.

Quando ele se foi, meu condutor começou a sacudir as rédeas e o chicote, fazendo-me entender que deveria seguir em frente, o que obviamente fiz, feliz por estar livre da pedra, mas ainda sentindo muita dor.

Esse era o tipo de experiência que nós, cavalos de trabalho, tínhamos com frequência.

29

Cockneys

Há ainda o estilo de conduzir da locomotiva; tais condutores são, na maioria, gente da cidade, que nunca teve cavalo próprio e geralmente viajava de trem.

Eles sempre parecem achar que um cavalo é igual a uma locomotiva, porém menor. De qualquer forma, acham que basta pagar e o cavalo terá que ir aos mesmos lugares, na mesma velocidade e com a carga mais pesada que quiserem. Sejam as estradas rústicas e lamacentas ou secas e boas, sejam pedregosas ou lisas, ladeira acima ou ladeira abaixo, é sempre a mesma coisa — adiante, adiante, é preciso ir adiante, no mesmo ritmo, sem descanso nem consideração.

Essas pessoas nunca pensam em descer da carruagem para subir um morro íngreme a pé. Ah, não, elas pagaram para usar o cavalo e é o que farão! O cavalo? Ah, ele está acostumado! Para que é que os cavalos foram feitos, se não para carregar as pessoas ladeira acima? Andar! Que bela piada! Assim, agitam o chicote e sacodem as rédeas, e muitas vezes uma voz ríspida nos repreende aos berros:

— Anda logo, bicho preguiçoso!

E lá vem outra chicotada, enquanto o tempo todo estamos fazendo o melhor que podemos para colaborar, resignados e obedientes, embora muitas vezes estejamos extremamente aflitos e desanimados.

Esse estilo de condução de locomotiva nos esgota mais rápido do que qualquer outro. Quisera antes percorrer trinta quilômetros com um condutor bom e atencioso do que quinze com um desses; ficaria menos exaurido.

Além do mais, eles quase nunca acionam o freio da carruagem, por mais íngreme que seja a descida, e, com isso, às vezes acontecem acidentes graves. Ou, se usam o freio, muitas vezes se esquecem de tirá-lo no sopé de um morro, e mais de uma vez tive que puxar a carroça até a metade da próxima ladeira com uma das rodas presa pelo freio, até que o condutor decidisse pensar nisso; é um esforço terrível para o cavalo.

E também, esses *cockneys*[4], em vez de começarem num ritmo tranquilo, como um cavalheiro faria, geralmente partem a toda velocidade desde o pátio do estábulo, e, quando querem parar, primeiro nos chicoteiam e depois puxam as rédeas tão de repente que quase somos atirados de traseiro no chão, e nossa boca fica ferida pelo freio ou bridão — chamam isso de parar de uma vez; e, quando viram numa curva, fazem-no tão bruscamente que é como se não existissem lado certo e lado errado da rua.

Lembro-me bem de uma noite de primavera em que eu e Rory tínhamos passado o dia fora. Rory era o cavalo que mais

---

4 Os *cockneys* são, principalmente, pessoas das classes trabalhadoras do East End de Londres, com dialeto e sotaque próprios. Aqui, a autora parece usar o termo como sinônimo de moradores da cidade grande desacostumados a tratar de cavalos. [N. T.]

me acompanhava quando alguém pedia uma parelha, e um camarada bom e honesto. Tínhamos saído com nosso próprio cocheiro e, como ele sempre era atencioso e gentil conosco, o dia havia sido muito agradável. Estávamos voltando para casa num ritmo bom e ligeiro ao pôr do sol. A estrada fazia uma curva para a esquerda, mas, como estávamos perto da sebe do nosso lado e havia espaço mais que suficiente para passar, o cocheiro não puxou as rédeas. Ao nos aproximarmos da curva, ouvi um cavalo e duas rodas descendo a ladeira depressa na nossa direção. A sebe era alta e eu não conseguia ver nada, mas no instante seguinte estávamos um diante do outro. Para minha sorte, eu estava do lado mais próximo da sebe. Rory estava do lado esquerdo do varal da carruagem e não tinha nem mesmo uma haste lateral para protegê-lo. O outro condutor vinha diretamente para a curva e, quando nos avistou, não teve tempo de se desviar para o seu lado da estrada. Rory recebeu todo o impacto. O varal daquela carruagem se cravou no peito dele, jogando-o para trás e fazendo-o dar um grito que nunca esquecerei. O outro cavalo foi atirado de traseiro no chão e um dos varais se quebrou. Descobrimos que era um cavalo de nosso próprio estábulo, com a carruagem de rodas altas de que os jovens tanto gostavam.

O condutor era um sujeito qualquer, desses ignorantes que nem sabem qual é o seu lado da estrada, ou, se sabem, não se importam. E lá estava o pobre Rory com a carne rasgada e o sangue escorrendo. Disseram que, se o ferimento tivesse sido um pouco mais para o lado, estaria morto; pobre coitado, teria sido melhor para ele. Aquela ferida demorou muito tempo para cicatrizar e, depois disso, ele foi vendido para carregadores de carvão. O que é arrastar essa carga subindo e descendo ladeiras íngremes, só os cavalos sabem. Recordar algumas das visões que tive lá, onde um cavalo precisou descer o morro puxando uma carroça de duas rodas pesadíssima, e sem freio, me entristece até hoje.

Depois que Rory ficou incapacitado, muitas vezes fui atrelado à carruagem com uma égua chamada Peggy, que ficava na baia ao lado da minha. Era um animal forte e bem-feito, de pelagem baia lustrosa e lindamente malhada, com crina e cauda castanha-escuras. Não era uma égua de raça, mas era muito bonita, notavelmente dócil e bem-disposta. Ainda assim, a ansiedade em seu olhar demonstrava que ela passara por aflições. Na primeira vez que saímos juntos, achei que ela tinha uma andadura muito estranha; parecia andar em parte num trote, em parte a meio-galope, três ou quatro passos e depois um pulinho para a frente.

Era muito desagradável para qualquer cavalo emparelhado com ela e me deixava muito nervoso. Quando chegamos em casa, perguntei o que a fazia andar daquele jeito esquisito e desajeitado.

— Ah, sei que minhas passadas são muito ruins, mas o que posso fazer? — respondeu ela, um tanto aflita. — Não é culpa minha; é que minhas pernas são muito curtas. Sou quase tão alta quanto você, mas suas pernas são sete ou oito centímetros mais longas que as minhas acima do joelho, e é claro que você consegue dar passos mais longos e ir muito mais rápido. Como você sabe, eu não fiz isso a mim mesma. Quisera ter feito; nesse caso, eu teria pernas longas. Minhas pernas curtas são a origem de todos os meus problemas — afirmou, consternada.

— Mas como isso é possível, quando você é tão forte, dócil e bem-disposta?

— Ora, veja, os homens gostam de velocidade, e, se um cavalo não consegue acompanhar os outros, é só chicote, chicote e mais chicote o tempo todo. Então eu os acompanhei tanto quanto pude e desenvolvi este andar feio e embaralhado. Nem sempre foi assim; quando eu morava com meu primeiro mestre, sempre andava num trote bom e regular, mas era porque ele não tinha tanta pressa. Era um jovem clérigo no interior e foi um mestre bondoso e gentil. Ele tinha duas igrejas bem distantes e trabalhávamos muito, mas nunca me repreendeu nem me açoitou por não ir mais rápido. Ele sentia grande afeição por mim. Agora, eu só queria estar com esse mestre, mas ele teve que ir para a cidade grande e fui vendida para um fazendeiro.

"Alguns fazendeiros são senhores do capital, sabe, mas acho que esse era um tipo de homem humilde. Não se importava nem um pouco com bons cavalos nem com boa condução; só lhe interessava ir rápido. Eu ia o mais rápido que conseguia, mas não adiantava, e ele sempre me açoitava; então, passei a dar um pulo para a frente para ir mais rápido. Nas noites de festa, ele geralmente ficava até muito tarde na taverna e depois me fazia voltar para casa a galope.

"Uma vez, numa noite escura, estava galopando para casa como sempre quando, de repente, a roda bateu em alguma coisa grande e pesada na estrada e a carruagem emborcou num instante. Ele foi jogado para fora e quebrou o braço, e acho que algumas costelas também. Em todo caso, foi o fim da minha vida com ele, e não lamentei. Mas minha vida será igual em todos os lugares se os homens quiserem velocidade. Gostaria que minhas pernas fossem mais longas!"

Pobre Peggy! Tive pena dela e não pude consolá-la, pois sabia como era difícil para os cavalos lentos ser emparelhados com cavalos velozes; levam todas as chicotadas e não têm como evitá-las.

Ela era atrelada ao fáeton com frequência e muito apreciada por algumas das damas, por ser tão delicada; algum tempo depois, foi vendida a duas senhoras que conduziam sua carruagem sozinhas e queriam um cavalo bom e confiável.

Eu a encontrei várias vezes no campo, andando num ritmo bom e constante e com o ar mais alegre e contente que um cavalo poderia ter. Fiquei muito feliz em vê-la assim, pois ela merecia um bom lar.

Depois que ela saiu, outro cavalo ocupou seu lugar. Era jovem e tinha má reputação por se assustar, recuar e disparar;

por causa disso, havia perdido uma boa casa. Perguntei o que o assustava.

— Bom, eu nem sei — disse ele. — Quando jovem, eu era tímido, tinha medo o tempo todo e, se visse algo estranho, eu me virava e olhava para aquilo; é que com os antolhos não conseguimos ver nem entender o que é uma coisa se não olharmos à nossa volta. Por causa disso, meu mestre sempre me açoitava, o que, é claro, me fazia disparar e não diminuía meu medo. Acho que, se ao menos ele tivesse me deixado olhar para as coisas com tranquilidade e ver que não havia nada que me fizesse mal, eu teria me acostumado e ficaria tudo bem. Um dia, um velho cavalheiro estava cavalgando com ele e um grande pedaço de papel ou trapo passou voando bem ao meu lado. Eu me assustei e disparei. Meu mestre, como de costume, me açoitou muitas vezes, mas o velho gritou: "Você está errado! Está errado! Nunca deve açoitar um cavalo por se assustar; ele se assusta porque tem medo, e com o chicote você só o deixa ainda mais amedrontado e piora o hábito". Então, acho que nem todos os homens fazem isso. Tenho certeza de que não me assusto porque quero, mas como saber o que é perigoso e o que não é se nunca deixam que eu me acostume a nada? Nunca tenho medo do que conheço. Ora, fui criado numa propriedade onde havia cervos; é claro que eu os conhecia tão bem quanto uma ovelha ou uma vaca, mas eles não são comuns, e conheço muitos cavalos sensatos que se assustam ao vê-los e fazem o maior rebuliço ao passarem por um pasto onde haja cervos.

Eu sabia que meu companheiro dizia a verdade. Gostaria que todo potro tivesse mestres tão bons quanto o fazendeiro Gray e o sr. Gordon.

É claro que às vezes fazíamos passeios agradáveis. Lembro-me de uma manhã em que fui atrelado ao tílburi e levado até uma casa na Pulteney Street. Dois cavalheiros saíram; o mais alto se aproximou da minha cabeça, olhou para o freio e a cabeçada e simplesmente deslocou a coalheira com a mão, para ver se estava ajustada confortavelmente.

— Acha que este cavalo precisa de barbela? — perguntou ele ao cavalariço.

— Bom, admito que ele se sai muito bem sem ela — respondeu o homem. — A boca dele é boa, fora do comum, e, embora seja muito vigoroso, nunca é agressivo. Mas, geralmente, as pessoas gostam de pôr a barbela.

— Eu não gosto. Faça a gentileza de tirá-la e apoie a rédea na bochecha. É ótimo ficar com a boca livre numa viagem longa, não é, meu companheiro? — disse ele, afagando meu pescoço.

Então, pegou as rédeas e os dois montaram. Ainda me lembro de como ele me fez virar tranquilamente e, depois, com um leve toque da rédea, apenas roçando o chicote nas minhas costas, partimos.

Arqueei o pescoço, segui no meu melhor ritmo e descobri que estava carregando alguém que sabia como um bom cavalo deve ser conduzido. Foi como voltar aos velhos tempos; fiquei felicíssimo.

Esse cavalheiro se afeiçoou muito a mim e, depois de me cavalgar várias vezes com a sela, conseguiu convencer meu mestre a me vender a um amigo seu, que queria um cavalo seguro e bonito para cavalgar. E foi assim que, no verão, fui vendido ao sr. Barry.

30

O ladrão

Meu novo mestre era solteiro, morava na cidade de Bath e passava muito tempo cuidando de seus negócios. Seu médico o aconselhou a se exercitar com cavalos, e por isso ele me comprou, alugou um estábulo a curta distância de onde vivia e contratou um homem chamado Filcher como cavalariço. Meu mestre não sabia quase nada sobre cavalos, mas me tratava bem, e eu estaria muito bem acomodado em meu novo lar, não fosse por circunstâncias das quais ele não tinha conhecimento. Ele encomendou o melhor feno com bastante aveia, feijão triturado e farelo, com ervilhaca ou centeio, conforme julgou necessário. Ouvi o mestre dar essa ordem, entendi que havia muita comida boa e pensei que teria uma ótima vida lá.

Por alguns dias, tudo correu bem. Descobri que meu cavalariço entendia do ofício. Mantinha o estábulo limpo e arejado e me escovava e limpava completamente, sendo sempre muito gentil. Tinha trabalhado como cavalariço num dos grandes hotéis de Bath, mas deixara aquele emprego e agora cultivava frutas e legumes para a feira, enquanto sua mulher criava e engordava aves e coelhos para vender.

Depois de um tempo, pareceu-me que faltava aveia; eu ganhava os feijões, mas vinham misturados com farelo em vez de aveia, da qual havia muito pouco — com certeza, não mais do que um quarto do que deveria haver. Em duas ou três semanas, isso começou a alterar minha força e meu ânimo. O capim que eu comia, embora fosse muito bom, não bastava para manter minha condição sem os cereais. Contudo, não podia me queixar nem demonstrar minhas carências. Assim, a situação durou cerca de dois meses e imaginei se meu mestre não percebia que havia algo errado.

No entanto, uma tarde, ele me cavalgou até o campo para visitar um amigo seu, um proprietário de terras que vivia na estrada para Wells. Tal cavalheiro tinha extenso conhecimento sobre cavalos e, depois de dar as boas-vindas ao amigo, ele disse, olhando para mim:

— Parece-me que seu cavalo não está tão bem quanto quando você o comprou, Barry; ele tem passado bem?

— Sim, acredito que sim — respondeu meu mestre. — Mas não está tão animado quanto antes; meu cavalariço diz que os cavalos sempre ficam morosos e fracos no outono, e que é de se esperar.

— No outono? Que disparate! Ora, ainda estamos em agosto, e, com o trabalho leve e a boa comida que recebe, ele não deveria estar tão desanimado, mesmo que fosse outono. Como você o alimenta?

Meu mestre contou. O outro balançou a cabeça devagar e começou a me apalpar.

— Não sei quem está comendo sua aveia, meu caro colega, mas tenho certeza de que não é seu cavalo. Você cavalgou muito rápido?

— Não, vim devagar.

— Então, ponha a mão aqui — disse ele, passando a mão por meu pescoço e ombro. — Ele está quente e úmido como um cavalo que acabou de correr. Meu conselho é que preste mais atenção ao seu estábulo. Detesto desconfiar de alguém e, graças a Deus, não tenho motivo para isso, pois posso confiar nos meus empregados, quer esteja presente ou ausente, mas há patifes mesquinhos que são maldosos o bastante para roubar a comida de um animal irracional. É melhor averiguar. — E, voltando-se para o seu empregado, que chegara para me levar: — Dê a este cavalo uma boa porção de aveia triturada, e não economize.

"Animais irracionais!" Somos, sim, mas, se eu pudesse falar, teria contado ao meu mestre para onde ia sua aveia. O cavalariço geralmente chegava todas as manhãs em torno das seis horas, e com ele vinha um garotinho que sempre trazia uma cesta coberta. Ele ia com o pai até a sala de arreios, onde ficavam os grãos, e, quando deixavam a porta entreaberta, eu conseguia vê-los enchendo um saquinho com a aveia do depósito. Depois, ele ia embora.

Cinco ou seis manhãs depois disso, quando o menino havia acabado de sair do estábulo, a porta se abriu e um policial entrou segurando-o com força pelo braço; outro policial veio a seguir e trancou a porta por dentro, dizendo:

— Mostre onde seu pai guarda a comida dos coelhos dele.

O menino parecia muito amedrontado e começou a chorar, mas não havia como fugir e ele foi na frente até o depósito de grãos. Lá, o policial encontrou outro saco vazio, igual àquele que fora encontrado cheio de aveia na cesta do menino.

Naquele momento, Filcher estava limpando meus cascos, mas eles logo o viram e, embora ele tenha gritado e protestado, levaram-no até a cadeia, e seu filho foi com ele. Depois, eu soube que o menino não foi considerado culpado, mas o homem foi condenado a dois meses de prisão.

31

A fraude

Meu mestre demorou a conseguir outro empregado, mas, dentro de poucos dias, meu novo cavalariço chegou. Era um sujeito alto e razoavelmente bonito; porém, se já houve uma farsa em forma de cavalariço, essa farsa era Alfred Smirk. Ele foi muito educado comigo e nunca me maltratou; na verdade, fazia-me muitas carícias e agrados quando seu patrão estava lá para ver e sempre escovava minha crina e cauda com água e meus cascos com óleo antes de me levar até a porta, para me deixar elegante. Contudo, em se tratando de limpar minhas patas e cuidar das ferraduras ou tratar de mim por completo, para ele daria no mesmo se eu fosse uma vaca. Ele deixou meu bridão enferrujar, minha sela umedecer e meu rabicho enrijecer.

Alfred Smirk se considerava muito bonito; passava um bom tempo ajeitando o cabelo, os bigodes e a gravata diante de um espelhinho na sala de arreios. Quando o patrão falava com ele, era sempre: "Sim, senhor, sim, senhor", tocando o chapéu a cada palavra, e todos achavam que ele era um rapaz excelente e que o sr. Barry tivera sorte por encontrá-lo. Preciso dizer que ele era o sujeito mais preguiçoso e convencido que já me apareceu. É claro que era ótimo não ser maltratado, mas um cavalo precisa de mais do que isso. Eu tinha uma baia livre e poderia ter ficado muito bem acomodado se ele não fosse indolente demais para limpá-la. Ele nunca tirava toda a palha, e o cheiro da que ficava por baixo era péssimo; os vapores pungentes que emanavam dali faziam meus olhos arderem e se inflamarem, e eu não tinha o mesmo apetite pela comida.

Um dia, seu patrão entrou e disse:

— Alfred, o estábulo está malcheiroso; não é melhor dar uma boa esfregada naquela baia e jogar bastante água?

— Bom, senhor — respondeu ele, tocando no chapéu —, farei isso se o senhor quiser, mas é muito perigoso jogar água na baia de um cavalo, porque eles são muito propensos a pegar resfriados, senhor. Não gostaria de machucá-lo, mas farei isso se o senhor quiser.

— Não quero que ele fique resfriado, mas não gosto do cheiro deste estábulo. Você acha que os ralos estão funcionando?

— Bom, senhor, agora que tocou no assunto, acho que o ralo às vezes exala um cheiro; pode haver alguma coisa errada, senhor.

— Então, mande chamar o pedreiro para resolver isso.

— Sim, senhor, farei isso.

O pedreiro veio e tirou uma grande quantidade de tijolos, mas não encontrou nenhum problema; então, aplicou um pouco de cal e cobrou cinco xelins do meu mestre, e o cheiro na minha baia continuou terrível. Mas não foi só isso: pisando tanta palha úmida, minhas patas ficaram amolecidas e adoentadas, e o mestre costumava dizer:

— Não sei o que acontece com este cavalo; os passos dele estão muito desajeitados. Às vezes, tenho medo de que tropece.

— Sim, senhor — dizia Alfred. — Também reparei nisso quando o exercitei.

A verdade é que ele quase nunca me exercitava e, quando o mestre estava ocupado, com frequência eu passava dias seguidos sem esticar as pernas, mas ganhando a mesma quantidade de comida que receberia se trabalhasse muito. Isso prejudicava minha saúde e às vezes me deixava pesado e vagaroso, mas na maior parte das vezes inquieto e desassossegado. Ele nem mesmo me oferecia folhas frescas e mingau de farelo, o que teria me refrescado, pois era tão ignorante quanto convencido; então, em vez de exercício ou troca de comida, eu tinha que aceitar bolas de cavalo e remédios, que, além do incômodo de senti-los ser despejados em minha garganta, geralmente me causavam mal-estar.

Um dia, meus cascos estavam tão amolecidos que, ao trotar sobre algumas pedras novas com meu mestre nas costas, tropecei duas vezes de modo tão alarmante que, quando ele chegou ao Lansdown Crescent, na cidade, parou na oficina do ferrador e pediu que descobrisse qual era o meu problema. O homem pegou minhas patas uma por uma e as examinou; em seguida, levantando-se e esfregando as mãos uma na outra para limpá-las, disse:

— Seu cavalo está com podridão, e é bem podre mesmo. Os cascos estão muito moles, foi sorte ele não ter caído. Parece que seu cavalariço ainda não tratou disso. É o tipo de coisa que encontramos em estábulos sujos, onde nunca se troca toda a palha. Se o senhor o mandar vir aqui amanhã, vou cuidar do casco e explicar ao seu empregado como aplicar o unguento que vou dar para ele.

No dia seguinte, meus cascos foram bem limpos e preenchidos com estopa embebida numa loção de cheiro forte e dos mais desagradáveis.

O ferrador mandou trocar toda a palha da minha baia diariamente e manter o chão bem limpo. Depois, eu deveria comer mingau de farelo, um pouco de folhas frescas e não muitos grãos, até que meus cascos sarassem. Com esse tratamento, logo recuperei o ânimo, mas o sr. Barry ficou tão aborrecido por ter sido enganado duas vezes pelos cavalariços que decidiu não ter mais nenhum cavalo e alugar um quando quisesse. Assim, fiquei lá até que minhas patas estivessem perfeitamente saudáveis e depois fui vendido outra vez.

PARTE 3

32

A feira de cavalos

Sem dúvida, uma feira de cavalos é um lugar muito divertido para quem não tem nada a perder. No mínimo, há muito a se ver.

Longas fileiras de cavalos jovens recém-saídos dos pântanos do interior; manadas de poneizinhos galeses felpudos, nenhum deles mais alto do que Passoleve; centenas de cavalos de tração de todos os tipos, alguns com a cauda longa trançada e entremeada de fitas escarlates; e muitos como eu, belos e bem-nascidos, mas rebaixados à classe média por acidente, mácula, problema respiratório ou alguma outra queixa. Havia alguns animais esplêndidos no auge da juventude e adequados para qualquer função, esticando as pernas e exibindo a andadura em grande estilo, enquanto um cavalariço corria ao seu lado, conduzindo o trote com uma guia. Mas ao fundo havia muitas pobres criaturas, tristemente exauridas pelo trabalho excessivo, com os joelhos arqueados e as patas traseiras oscilando a cada passo, e alguns cavalos velhos de aparência desacorçoada, com o lábio inferior frouxo e as orelhas deitadas para trás, como se não existisse mais prazer na vida, nem esperança; alguns eram tão magros que todas as costelas estavam à vista, e outros tinham feridas antigas nas costas e nos quadris. Eram visões tristes para um cavalo que não sabe se vai acabar no mesmo estado.

Havia muita negociação, correria e cansaço, e, se um cavalo pode expressar sua opinião até onde consegue entender o que vê, eu diria que havia mais mentiras e embustes naquela feira de cavalos do que um homem inteligente poderia descrever. Deixaram-me com dois ou três cavalos de aparência forte e útil, e muitas pessoas vieram dar uma olhada em nós. Os cavalheiros sempre me davam as costas quando viam as marcas nos meus joelhos, embora o homem que me anunciava jurasse que tinham sido causadas por um simples escorregão na baia.

A primeira coisa que faziam era abrir minha boca, depois examinar meus olhos, apalpar minhas pernas de cima a baixo, tatear a firmeza da pele e dos músculos e, por fim, experimentar minha andadura. Era notável a diferença na maneira como cada um fazia essas coisas. Alguns agiam de modo brusco e repentino, como se o cavalo fosse apenas um pedaço de madeira, enquanto outros passavam as mãos com delicadeza pelo nosso corpo, fazendo um afago de vez em quando, como quem diz "com sua licença". É claro que julguei diversos compradores por seus modos para comigo.

Houve um homem que me fez pensar: se ele me comprasse, eu seria feliz. Não era um cavalheiro, tampouco do tipo barulhento e espalhafatoso que se diz cavalheiro. Era um homem pequeno, mas de físico firme e ágil em todos os movimentos. Num instante eu soube, pelo modo como ele me manuseou, que estava acostumado com cavalos; falava com gentileza, e seus olhos cinzentos expressavam bondade e alegria. Pode parecer estranho dizer — mas, mesmo assim, é verdade — que o cheiro de limpeza e frescor do homem me fez gostar dele; não era um cheiro de cerveja velha e tabaco, que eu detestava, mas

um aroma fresco, como se ele tivesse saído de um palheiro. Ofereceu vinte e três libras por mim, mas o vendedor recusou e ele foi-se embora. Procurei por ele, mas tinha sumido, e chegou um homem de aparência muito rude e voz alta. Fiquei apavorado ao imaginar que ele me compraria, mas ele também foi embora. Vieram mais um ou dois que não pretendiam fazer negócio. Então, o homem de ar rude voltou e ofereceu vinte e três libras. Os dois começaram a negociar, pois meu vendedor já estava pensando que não conseguiria o preço que pedia e precisaria baixá-lo, mas foi então que o homem de olhos cinzentos voltou. Não pude deixar de estender a cabeça em sua direção. Ele acarinhou meu rosto gentilmente.

— Bom, parceiro, acho que vamos nos dar bem um com o outro — disse-me. — Dou vinte e quatro libras por ele.

— Diga vinte e cinco e ele é seu.

— Vinte e quatro e dez pence — respondeu meu amigo num tom muito decidido. — Nem uma moeda a mais... Sim ou não?

— Negócio fechado — concordou o vendedor. — E pode ter certeza de que esse cavalo é da mais alta qualidade, e, se você o quiser para puxar uma carruagem de aluguel, terá sido uma pechincha.

O dinheiro foi pago na hora, e meu novo mestre pegou meu cabresto e me levou da feira até uma hospedaria, onde tinha deixado uma sela e uma cabeçada à minha espera. Ele me deu uma boa porção de aveia e ficou esperando enquanto eu comia, falando sozinho e comigo. Meia hora depois, estávamos a caminho de Londres, passando por alamedas bonitas e estradas de terra, até chegarmos à grande estrada que leva a Londres, na qual viajamos num ritmo constante até que, ao pôr do sol, alcançamos a cidade grande. As lâmpadas a gás já estavam acesas; havia ruas à direita e à esquerda, e vias que se cruzavam um quilômetro após o outro. Achei que nunca chegaríamos ao fim delas. Finalmente, ao atravessar uma rua, chegamos a um longo ponto de carruagens de aluguel e meu cavaleiro gritou com voz alegre:

— Boa noite, gerente!

— Olá! — gritou outra voz. — Conseguiu um dos bons?

— Acho que sim — respondeu meu dono.

— Boa sorte com ele.

— Obrigado, gerente. — E seguiu em frente. Logo tomamos uma das travessas e, na metade do caminho, entramos numa rua muito estreita, com casas de aspecto um tanto pobre de um lado e o que pareciam ser cocheiras e estábulos do outro.

Meu dono parou diante de uma das casas e assobiou. A porta se abriu e uma moça saiu, seguida por uma menina e um menino. Houve uma recepção muito calorosa quando meu cavaleiro desmontou.

— Agora, Harry, meu garoto, abra o portão, e a mãe nos trará a lanterna.

No instante seguinte, estavam todos ao meu redor no pequeno pátio de um estábulo.

— Ele é bonzinho, pai?

— É, sim, Dolly, tão bonzinho quanto seu gato; venha fazer carinho nele.

Logo a mãozinha da menina estava afagando todo o meu ombro sem medo. Era muito bom!

— Vou trazer um mingau de farelo para ele enquanto você o limpa — disse a mãe.

— Faça isso, Polly, é exatamente do que ele precisa, e sei que você tem um belo prato pronto para mim também.

— Bolinho de salsicha e torta de maçã! — gritou o menino, fazendo todos rirem. Fui levado a uma baia confortável, com cheiro de limpeza recente e bastante palha seca, e, depois de uma bela ceia, deitei-me pensando que seria feliz.

33

Um cavalo de carruagem em Londres

Jeremiah Barker era o nome de meu novo mestre, mas, como todos o chamavam de Jerry, farei a mesma coisa. Polly, sua mulher, era a melhor companheira que um homem poderia ter. Era uma mulher pequena e roliça, asseada e ordeira, com cabelos lisos e escuros, olhos escuros e boquinha alegre. O menino tinha doze anos, era alto, franco e afável, e a pequena Dorothy, que eles chamavam de Dolly, era uma cópia da mãe aos oito anos de idade. Todos gostavam imensamente uns dos outros; nunca conheci uma família tão feliz e alegre, nem antes nem depois. Jerry tinha uma carruagem de aluguel e dois cavalos, que conduzia e preparava sozinho. Seu outro cavalo era um animal alto e branco, de ossos grandes, chamado Capitão. Agora, estava velho, mas, quando jovem, devia ter sido esplêndido, pois ainda tinha um modo imponente de erguer a cabeça e arquear o pescoço; na verdade, era um velho cavalo nobre, bem-nascido e bem-educado, da cabeça aos pés. Contou que na juventude tinha ido para a Guerra da Crimeia, pertencera a um oficial da cavalaria e costumava liderar o regimento. Depois, contarei mais a respeito disso.

Na manhã seguinte, quando eu já estava bem escovado e limpo, Polly e Dolly foram ao pátio para me ver e fazer amizade. Harry estava ajudando o pai desde cedo e declarou sua opinião de que eu seria "um bom companheiro". Polly me trouxe uma fatia de maçã, e Dolly, um pedaço de pão, e me mimou como se eu fosse o Beleza Negra de outrora. Foi um grande prazer receber tanto carinho outra vez e ouvir vozes tão amáveis, e demonstrei como pude que desejava ser amigável. Polly disse que eu era muito bonito e seria bom demais para uma carruagem de aluguel, não fosse pelos joelhos marcados.

— É claro que não há ninguém para nos contar de quem foi a culpa — disse Jerry —, e, enquanto eu não souber, darei a ele o benefício da dúvida, pois nunca cavalguei cavalo de passos mais firmes e exatos. Vamos chamá-lo de Jack, em homenagem ao antigo... Que tal, Polly?

— Vamos, pois gosto de manter um bom nome em uso — respondeu ela.

Capitão saiu com a carruagem e passou a manhã toda fora. Depois de voltar da escola, Harry me deu comida e água. À tarde, fui atrelado à carruagem, e Jerry se empenhou tanto em ver se a coalheira e o bridão estavam ajustados confortavelmente que foi como estar com John Manly outra vez. Quando ele afrouxou o rabicho em um ou dois buracos, tudo se encaixou bem. Não havia gamarra, nem barbela, nem nada além de um bridão simples com uma argola só. Que bênção!

Depois de seguir pela travessa, chegamos ao grande ponto de carruagens de aluguel onde Jerry havia dito "boa-noite". De um lado daquela rua larga havia casas altas com lojas de fachadas belíssimas e, do outro, uma velha igreja e um cemitério, cercado por grades de ferro. Ao lado dessas grades, havia diversas carruagens estacionadas, esperando os passageiros, tufos de feno espalhados pelo chão, alguns homens conversando em grupos, outros sentados em suas boleias lendo o jornal, e um ou dois dando aos cavalos porções de feno e goles d'água. Paramos na fila atrás da última carruagem. Dois ou três homens se aproximaram e começaram a olhar para mim e fazer comentários.

— Esse aí é ótimo para ir a um enterro — disse um deles.

— A aparência dele é boa demais — disse outro, balançando a cabeça de maneira muito sábia. — Um dia desses você vai acabar descobrindo alguma coisa errada com ele, ou meu nome não é Jones.

— Bom, acho que não preciso ir atrás do problema até ele vir atrás de mim, não é? — respondeu Jerry, afável. — Até lá, vou continuar animado.

Então, veio um homem de rosto largo, usando um grande casaco cinza com uma grande capa cinza e grandes botões brancos, chapéu cinza e cachecol azul folgado em torno do pescoço; seus cabelos também eram grisalhos, mas era um sujeito de aparência alegre, e os outros deram-lhe passagem. Ele me olhou da cabeça aos pés, como se estivesse pensando em me comprar, e depois, endireitando-se com um grunhido, disse:

— É o tipo certo de cavalo para você, Jerry; não me importa quanto você pagou, valeu a pena. — Assim, estabeleceu-se meu caráter no ponto de carruagens.

O nome daquele homem era Grant, mas era chamado de "Grant Gris" ou "Gerente Grant". Trabalhava lá havia mais tempo que qualquer outro e se encarregava de resolver desentendimentos e interromper contendas. Geralmente, era bem-humorado e sensato, mas, se estivesse um pouco fora de si, como às vezes acontecia quando bebia demais, ninguém queria chegar muito perto dos seus punhos, pois ele era capaz de desferir um golpe poderoso.

A primeira semana da minha vida como cavalo de carruagem de aluguel foi penosa. Não estava acostumado com

Londres, e o barulho, a pressa, as multidões de cavalos, carroças e carruagens pelas quais tive que passar me deixaram ansioso e intimidado, mas logo entendi que podia confiar completamente no meu condutor, me tranquilizei e me acostumei.

Jerry era o cocheiro mais habilidoso que eu já havia conhecido, e o melhor de tudo era que se preocupava com seus cavalos tanto quanto consigo mesmo. Logo percebeu que eu estava disposto a trabalhar com muita dedicação e nunca encostava o chicote em mim, a não ser quando tocava minhas costas delicadamente com a ponta para mostrar que deveria seguir em frente; mas, em geral, eu já entendia isso muito bem pela forma como ele pegava as rédeas, e creio que o chicote passava mais tempo guardado ao lado do que na mão dele.

Em pouco tempo, eu e meu mestre já nos entendíamos tão bem quanto um cavalo e um homem podem se entender. No estábulo, ele também fazia todo o possível para nos oferecer conforto. As baias eram de estilo antiquado, com o chão inclinado demais, mas havia duas barras móveis fixadas nos fundos e, à noite, ou quando estávamos descansando, ele tirava nossos cabrestos e subia as barras, e assim podíamos nos virar e ficar de pé na direção que quiséssemos, o que era um grande conforto.

Jerry nos mantinha muito limpos e nos dava a maior variedade possível de comida, e sempre em boa quantidade; não bastasse, sempre oferecia bastante água limpa e fresca, que deixava ao nosso alcance dia e noite, a não ser, é claro, quando chegávamos com o corpo quente. Há quem diga que o cavalo não deve beber o quanto quiser, mas sei que, se pudermos beber quando quisermos, beberemos apenas um pouco por vez, e será muito melhor para nós do que engolir meio balde de uma vez por termos ficado sem água até estarmos sedentos e abatidos. Alguns cavalariços vão para casa beber cerveja e nos deixam passar horas com feno e aveia secos, sem nada para umedecê-los; então, é óbvio que engolimos muita água de uma só vez quando podemos, o que prejudica nosso fôlego e às vezes esfria nosso estômago. Mas a melhor coisa que nós, cavalos, tínhamos lá era o descanso aos domingos; trabalhávamos tanto durante a semana que não acho que conseguiríamos continuar se não fosse pelos domingos. Além disso, tínhamos tempo para desfrutar da companhia um do outro. Foi nesses dias que ouvi a história do meu companheiro.

34

Um velho cavalo de guerra

Capitão fora treinado como cavalo do exército; seu primeiro proprietário tinha sido um oficial de cavalaria a caminho da Guerra da Crimeia. Ele disse que gostou muito de ser treinado com todos os outros cavalos, trotando e virando-se juntos para a direita ou para a esquerda, parando à palavra de comando ou disparando a toda velocidade ao som da trombeta ou ao sinal do oficial. Quando jovem, ele era um cavalo escuro, malhado de cinza e considerado muito bonito. Seu mestre, um cavalheiro jovem e ardoroso, tinha-o em alta estima e o tratou desde o começo com muita atenção e bondade. Ele me contou que achava a vida de cavalo do exército muito agradável, mas, quando foi mandado para o exterior, atravessando o mar num grande navio, quase mudou de ideia.

— Essa parte foi pavorosa! — disse ele. — É óbvio que não conseguiríamos sair andando da terra e entrar no navio; por isso, tiveram que passar faixas fortes debaixo do nosso corpo e nos levantaram no ar, apesar de toda a nossa resistência, e fomos carregados por cima da água até o convés do grande navio. Lá, deixaram-nos em pequenas baias fechadas, onde ficamos durante muito tempo sem ver o céu nem conseguir esticar as pernas. Às vezes, ventos fortes sacudiam o navio, jogando-nos de um lado para o outro, e era muito ruim.

"Mas a viagem enfim acabou, e fomos içados e carregados outra vez de volta à terra; ficamos muito felizes, bufando e relinchando de alegria, quando sentimos de novo a terra firme debaixo das patas.

"Logo descobrimos que o país onde havíamos chegado era bem diferente do nosso e que passaríamos por diversos apuros além das batalhas, mas muitos homens estimavam tanto seus cavalos que fizeram todo o possível para oferecer-lhes conforto, apesar da neve, da umidade e de todos os outros incômodos."

— Mas e as batalhas? — perguntei. — Não foram piores do que todo o resto?

— Bom, eu nem sei. Sempre gostávamos de ouvir o som da trombeta e de ser convocados, e ficávamos ansiosos para ir, embora às vezes tivéssemos que passar horas esperando a palavra de comando; ao ouvi-la, avançávamos com tanto entusiasmo e avidez que era como se não houvesse balas de canhão, nem baionetas, nem projéteis. Creio que, enquanto sentíssemos nosso cavaleiro firme na sela e sua mão sempre nas rédeas, nenhum de nós cederia ao medo, nem mesmo com as terríveis bombas girando pelos ares e explodindo em mil pedaços.

"Participei de muitas batalhas junto de meu nobre mestre sem me ferir; embora tenha visto cavalos abatidos por balas, atravessados por lanças e talhados por sabres temíveis, e embora os tenhamos deixado mortos no campo ou morrendo na agonia dos ferimentos, creio que não temi por minha vida. A voz alegre do meu mestre, incentivando seus homens, me fez sentir como se ele e eu fôssemos imortais. Eu tinha tamanha confiança nele que, enquanto me guiasse, estaria pronto para

avançar até mesmo contra a boca de um canhão. Vi muitos homens corajosos serem atacados, vi muitos caírem da sela feridos de morte. Já tinha ouvido os gritos e gemidos dos moribundos, galopado por um terreno escorregadio de tanto sangue e, várias vezes, precisei me desviar para não pisotear um homem ou cavalo ferido, mas, até certo dia horrível, nunca havia sentido medo; daquele dia jamais me esquecerei."

O velho Capitão parou por um instante e respirou profundamente; esperei, e ele continuou:

— Era uma manhã de outono e, como sempre, uma hora antes do amanhecer, nossa cavalaria já estava preparada e equipada para o trabalho do dia, fosse lutar ou esperar. Os homens estavam ao lado dos cavalos, esperando, prontos para as ordens. À medida que amanhecia, parecia haver certa exaltação entre os oficiais, e, antes que o sol raiasse, ouvimos os disparos das armas do inimigo.

"Um dos oficiais se aproximou a cavalo e mandou os homens montarem, e num instante cada soldado estava na sela, e cada cavalo esperava o toque da rédea ou a pressão dos calcanhares do cavaleiro, todos estávamos animados e ansiosos; porém, tínhamos sido tão bem treinados que, embora mascássemos o bridão e balançássemos a cabeça de quando em quando, irrequietos, não saímos do lugar.

"Meu querido mestre e eu estávamos na frente da fileira, e, enquanto todos aguardavam, imóveis e atentos, ele pegou uma mecha solta da minha crina que havia se virado para o lado errado, passou-a para o lado certo e alisou-a com a mão; depois, afagando meu pescoço, ele disse: 'Hoje teremos um dia difícil, meu lindo Bayard, mas cumpriremos nosso dever como sempre fizemos'. Naquela manhã, acho que ele acariciou meu pescoço mais do que nunca, com movimentos silenciosos e constantes, como se estivesse pensando em outra coisa. Eu adorava sentir sua mão em meu pescoço e o arqueei, orgulhoso e feliz, mas continuei imóvel, pois sabia identificar todas as suas vontades, quando ele queria que eu ficasse parado e quando queria que eu avançasse.

“Não sei dizer tudo o que aconteceu naquele dia, mas contarei da última investida que fizemos juntos, atravessando um vale bem diante do canhão do inimigo. A essa altura, estávamos acostumados ao rugido das armas, ao repique dos tiros de mosquete e ao assobio dos disparos que passavam perto de nós, mas eu nunca estivera debaixo de fogo tão intenso quanto o que enfrentamos naquele dia. Da direita, da esquerda e da frente, projéteis e bombas choviam sobre nós. Muitos homens valentes caíram e muitos cavalos também, atirando o cavaleiro ao chão; vários cavalos sem cavaleiro correram como loucos para fora das fileiras e, depois, apavorados por estarem sozinhos, sem mão que os conduzisse, juntaram-se aos velhos companheiros para galopar com eles na investida.

“Por mais horrível que fosse, ninguém parou e ninguém fugiu. A cada momento as fileiras se reduziam, mas, quando nossos camaradas caíam, juntávamo-nos ainda mais para preservá-las, e, em vez de ficarmos abalados ou confusos, galopávamos cada vez mais rápido enquanto rumávamos na direção do canhão.

“Meu mestre, meu querido mestre animava os companheiros erguendo o braço direito no ar quando um projétil passou zunindo perto da minha cabeça e o atingiu. A colisão o fez cambalear e eu o senti, embora ele não tenha gritado; tentei deter o galope, mas a espada caiu da mão direita dele, a rédea soltou-se da esquerda e, desabando da sela, ele foi ao chão. Os outros cavaleiros passaram por nós a toda velocidade e a força de sua investida me tirou do lugar.

“Queria ficar ao lado dele e não o deixar ser pisoteado pela corrida dos cavalos, mas foi em vão, e agora, sem mestre nem amigo, eu estava sozinho naquele grande campo de carnificina. O medo tomou conta de mim, tremi como nunca tremera antes e, como tinha visto outros cavalos fazerem, tentei me juntar às fileiras e galopar ao lado deles, mas fui afugentado pelas espadas dos soldados. Foi então que um soldado cujo cavalo fora morto agarrou minha cabeçada e montou em mim, e, com esse novo mestre, voltei a avançar. Mas nossa companhia galante foi cruelmente massacrada, e aqueles que sobreviveram após a batalha feroz voltaram galopando pelo mesmo terreno. Alguns cavalos tinham sofrido ferimentos tão graves e perdido tanto sangue que mal conseguiam; algumas criaturas nobres tentavam deslocar-se usando três pernas e outras ainda lutavam para se levantar apoiadas nas patas dianteiras, quando as traseiras haviam sido despedaçadas por projéteis. Depois da batalha, os soldados feridos foram carregados e os mortos, enterrados."

— E o que aconteceu com os cavalos feridos? — perguntei. — Foram deixados lá para morrer?

— Não, os veterinários do exército foram ao campo com pistolas e atiraram em todos os irrecuperáveis. Os que tinham apenas ferimentos leves foram levados de volta e tratados, mas a maior parte das criaturas nobres e cheias de boa vontade que partiram naquela manhã nunca mais voltaram! Em nossos estábulos, só um de cada quatro cavalos voltou.

"Nunca mais vi meu querido mestre. Creio que já estivesse morto quando caiu da sela. Nunca amei tanto outro mestre. Participei de muitos outros conflitos, mas só fui ferido uma vez, e não foi nada grave. Quando a guerra acabou, voltei para a Inglaterra, tão firme e forte quanto no dia em que saí."

— Já ouvi as pessoas falarem da guerra como se fosse uma coisa excelente — eu disse.

— Ah! Acho que nunca viram a guerra. Sem dúvida, é excelente quando não há inimigo, quando são apenas exercícios, desfiles e simulações. Sim, nesse caso é muito bom, mas, quando milhares de homens e cavalos bons e corajosos são mortos ou incapacitados para o resto da vida, é uma visão bem diferente.

— Você sabe por que eles lutavam?

— Não, é mais do que um cavalo é capaz de entender, mas o inimigo deve ter sido um povo terrivelmente mau, se consideraram que o certo seria atravessar o mar só para matá-lo.

35

Jerry Barker

Nunca conheci homem melhor do que meu novo mestre. Era gentil e bondoso, tão forte quanto John Manly e tão afável e alegre que pouquíssimas pessoas conseguiam brigar com ele. Adorava inventar pequenas canções e cantá-las só para si. Uma de que ele gostava muito era assim:

> Mãe e pai, já é manhã,
> Meu irmão e minha irmã,
> É hora de trabalhar,
> E uns aos outros ajudar.

E era o que faziam; Harry era tão hábil nas tarefas do estábulo que parecia até um garoto muito mais velho, sempre disposto a fazer tudo o que pudesse. Polly e Dolly costumavam vir de manhã para cuidar da carruagem, escovando e batendo as almofadas e esfregando o vidro, enquanto Jerry varria o pátio e Harry limpava o arreio. Sempre havia muita risada e diversão entre eles, e isso deixava Capitão e eu muito mais bem-humorados do que ficaríamos se ouvíssemos repreensões e palavras rudes. Eles sempre acordavam bem cedo, pois Jerry dizia:

> O negócio é acordar cedo
> E fazer valer o agora
> Que não vai recuperar.
> Depois, vai tentar correr
> Atrás de uma ou duas horas,
> Mas não vai adiantar.
> Você as perdeu na demora
> Para toda a eternidade.

Ele não tolerava preguiça, negligência e perda de tempo, e nada o deixava mais perto de se zangar do que encontrar pessoas que estavam sempre atrasadas querendo que o cavalo fosse conduzido à máxima velocidade para compensar o atraso delas.

Um dia, dois jovens de aparência desmazelada saíram de uma taverna perto do ponto e chamaram Jerry.

— Ei, cocheiro! Atenção, estamos um pouco atrasados. Leve-nos à estação Victoria a tempo de pegar o próximo trem; a toda pressa, sim? Pagaremos um xelim a mais.

— Vou levá-los no ritmo normal, cavalheiros; nenhum xelim pode pagar por toda essa pressa.

A carruagem de Larry estava parada ao lado da nossa; ele abriu a porta e disse:

— Venham comigo, cavalheiros! Entrem aqui e meu cavalo vai levá-los para lá num instante. — Depois que entraram, ele fechou a porta e deu uma piscadela para Jerry, dizendo: — É contra os princípios dele ir mais rápido que uma tartaruga. — Então, açoitando seu cavalo já muito surrado, partiu na maior velocidade possível.

Jerry me afagou o pescoço.

— É, Jack, um xelim não paga esse tipo de coisa, certo, companheiro?

Embora Jerry estivesse decidido a nunca se apressar para agradar gente descuidada, sempre seguia num ritmo bom e não era contra partir a toda pressa, como dizia, se houvesse um bom motivo.

Recordo-me bem de uma manhã em que estávamos no ponto à espera de passageiros, e um rapaz, carregando uma mala pesada, escorregou num pedaço de casca de laranja que estava na calçada e caiu com um baque no chão.

Jerry foi o primeiro a correr e ajudá-lo a se levantar. Ele parecia muito atordoado e, quando o levaram para dentro de uma loja, andou como quem sente imensa dor. Jerry voltou para o ponto, é claro, mas em mais ou menos dez minutos um dos vendedores o chamou e paramos junto à calçada.

— Pode me levar até a estação da South-Eastern Railway? — perguntou o rapaz. — Infelizmente, essa queda infeliz me atrasou, mas é fundamental que eu não perca o trem do meio-dia. Ficarei muito grato se o senhor puder me levar até lá a tempo e terei prazer em pagar a mais.

— Farei tudo o que puder se o senhor estiver se sentindo bem — respondeu Jerry, cordial, pois o jovem tinha um aspecto extremamente pálido e doente.

— Tenho que ir — disse ele, determinado. — Por favor, abra a porta e não percamos tempo.

No instante seguinte, Jerry estava na boleia, lançou um trinado alegre para mim e, com um suave balanço das rédeas que eu entendia muito bem, disse:

— Agora, Jack, meu garoto, corra e vamos mostrar a eles que podemos passar voando por estas ruas, se o motivo for bom.

É sempre difícil andar rápido na cidade no meio do dia, quando as ruas estão apinhadas de trânsito, mas fizemos o possível; é maravilhoso o que um bom condutor e um bom cavalo são capazes de fazer quando se entendem e concordam.

Minha boca era muito boa — isto é, o menor toque na rédea bastava para me guiar, e essa é uma grande vantagem em Londres, entre carruagens, ônibus, carroças, furgões, cabriolés e grandes veículos de carga e de passageiros rastejando à velocidade dos pedestres; alguns vão para um lado, outros para outro, alguns passam devagar, outros querem ultrapassá-los; os ônibus param a cada poucos minutos para pegar mais um passageiro, obrigando o cavalo que vem atrás a parar também ou passar e pôr-se à frente deles; talvez você tente passar, mas nesse momento outra coisa aparece de repente e ocupa o vão estreito e você precisa continuar atrás do ônibus; em seguida, você pensa ver uma chance e consegue se adiantar, passando tão perto das rodas de cada lado que bastaria um centímetro a menos para raspar nelas. Você segue sem percalços por um tempo, mas logo se vê numa fila comprida de carroças e carruagens, todas forçadas a andar devagar; quem sabe o trânsito fique parado e você tenha que esperar por minutos seguidos, até que algum veículo siga por uma rua lateral ou um policial interfira; é preciso estar pronto para aproveitar qualquer chance, avançar se houver uma abertura e ser ligeiro como um cão de caça para ver se haverá espaço e tempo, de modo a não encalhar nem quebrar as próprias rodas, e para que nenhum varal de algum outro veículo atinja seu peito ou seu ombro. Temos que nos preparar para tudo. Cruzar Londres sem demora no meio do dia requer muita prática.

Jerry e eu estávamos acostumados a isso, e, quando nos decidíamos, ninguém ia mais rápido do que nós. Eu era veloz e valente e sempre podia confiar em meu condutor; Jerry era ao mesmo tempo veloz e paciente e podia confiar em seu cavalo, o que também era ótimo. Ele raramente usava o chicote. Por sua voz e pelo clique-clique que fazia com a boca, eu sabia quando queria ir depressa e, pela rédea, sabia em que direção seguir; então, não havia necessidade de chicote.

Mas devo voltar à minha história. Naquele dia, as ruas estavam muito cheias, porém seguimos num ritmo bom até o final da Cheapside, onde o trânsito ficou parado por três ou quatro minutos. O jovem passageiro pôs a cabeça para fora e disse, ansioso:

— Acho melhor eu descer e ir a pé. Se continuar assim, nunca vou chegar lá.

— Vou fazer todo o possível, senhor — respondeu Jerry. — Acho que vamos chegar a tempo. Esse bloqueio não há de durar muito mais, e sua bagagem é pesada demais para o senhor carregar.

Foi então que a carroça na nossa frente começou a avançar e pudemos voltar a andar. Virando aqui e entrando acolá, seguimos o mais rápido que um cavalo consegue ir e, num desfecho surpreendente, chegamos adiantados à London Bridge, pois havia todo um comboio de carruagens e cabriolés indo na mesma direção num trote rápido, talvez a fim de pegar o mesmíssimo trem. De todo modo, entramos na estação com muitos outros no instante exato em que o grande relógio marcava oito minutos para o meio-dia.

— Graças a Deus! Chegamos a tempo — disse o jovem. — E graças ao senhor também, meu amigo, e a seu bom cavalo. Ajudou-me mais do que o dinheiro poderia pagar. Fique com mais meia coroa.

— Não, senhor, não, mas muito obrigado; que bom que chegamos a tempo, mas não se demore, senhor, o trem já está apitando. Carregador! Leve a bagagem deste cavalheiro para o trem que sai para Dover ao meio-dia... pronto. — E, sem esperar mais nem uma palavra, Jerry me conduziu para dar lugar a outras carruagens de aluguel que chegavam no último minuto e paravam de um lado até a multidão embarcar. — "Graças a Deus!", disse ele, "graças a Deus!". Pobre rapaz! Por que será que estava com tanta pressa?

Quando não estávamos em movimento, Jerry tinha o hábito de falar sozinho alto o bastante para eu ouvir.

Na volta ao ponto, os outros riram e fizeram pilhéria dele por ter conduzido a carruagem a toda velocidade até a estação por um valor extra, como diziam, contra os princípios dele, e quiseram saber quanto havia ganhado.

— Muito mais do que geralmente ganho — respondeu, balançando a cabeça com ar astuto. — O que ele me deu vai me render pequenos confortos por muitos dias.

— Lorota! — disse alguém.

— Ele é um falsário — disse outro. — Critica o que fazemos e depois faz a mesma coisa.

— Escutem aqui, colegas — respondeu Jerry. — O cavalheiro me ofereceu mais meia coroa, mas não aceitei. Meu pagamento foi ver como ele ficou feliz em pegar aquele trem. E, se Jack e eu decidirmos correr de vez em quando a nosso bel-prazer, é problema nosso, não de vocês.

— Bom, você nunca vai ser rico — disse Larry.

— Provavelmente, não. Mas não sei se serei menos feliz por causa disso. Já ouvi muitas vezes a leitura dos mandamentos e nunca ouvi algum deles dizer "serás rico". Além disso, o Novo Testamento diz muitas coisas curiosas sobre os ricos, e creio que isso me traria uma sensação um tanto esquisita se eu fosse um deles.

— Se um dia você for rico — disse o gerente Gray, olhando para nós do outro lado da sua carruagem —, será por merecimento, Jerry, e sua riqueza não trará nenhuma maldição. Quanto a você, Larry, morrerá pobre; gasta muito dinheiro comprando cordel de chicote.

— Bom, o que é que um sujeito pode fazer se o cavalo não anda sem chicote? — perguntou Larry.

— Você nunca se dá ao trabalho de ver se ele anda ou não; está sempre abanando o chicote como se tivesse a dança de São Vito no braço, e, se isso não o esgota, esgota seu cavalo.

Você está sempre trocando de cavalo, e por quê? Porque não os incentiva e nunca os deixa em paz.

— Bom, é que eu não tive sorte. É essa a questão.

— E nunca terá. A sorte escolhe com muito cuidado com quem vai cavalgar e, geralmente, prefere as pessoas que têm bom senso e bom coração; pelo menos, é o que diz minha experiência.

O gerente Gray virou-se e voltou a ler seu jornal, e os outros subiram nas carruagens.

36

A carruagem de domingo

Certa manhã, quando Jerry acabara de me atrelar aos varais da carruagem e estava prendendo os tirantes, um cavalheiro entrou no pátio.

— Pois não, senhor? — disse Jerry.

— Bom dia, sr. Barker. Eu gostaria de contratá-lo para levar a sra. Briggs regularmente à igreja nas manhãs de domingo. Estamos frequentando a igreja nova, que fica um bocado longe para ela ir a pé.

— Obrigado, senhor, mas só tenho licença para trabalhar seis dias por semana[5] e, portanto, não posso aceitar pagamento de passageiros no domingo; seria ilegal.

— Ah! Não sabia que sua carruagem era de seis dias, mas é claro que seria muito fácil alterar sua licença. Eu cuidaria para

---

5 Alguns anos depois, o preço anual da licença da carruagem de aluguel foi muito reduzido, e a diferença entre as licenças de seis e sete dias foi abolida. [N. A.]

que o senhor não tivesse nenhum gasto com isso; o fato é que a sra. Briggs faz questão de que o senhor a leve.

— Eu ficaria feliz em fazer isso pela dama, senhor, mas já tive uma licença de sete dias e o trabalho era pesado demais tanto para mim quanto para meus cavalos. Ano após ano sem ter nem um dia de descanso, nem passar um domingo com minha mulher e filhos, nem ir a um local de adoração, o que sempre tive o costume de fazer antes de trabalhar na boleia. Assim, nos últimos cinco anos, tive apenas a licença de seis dias e a considero melhor em todos os aspectos.

— Bom, é claro que é muito adequado que todas as pessoas possam descansar e ir à igreja aos domingos — respondeu o sr. Briggs —, mas achei que o senhor não se incomodaria em percorrer uma distância tão curta com o cavalo, e só uma vez por dia; ainda teria a tarde inteira e a noite para si, e somos fregueses excelentes, como sabe.

— Sim, senhor, isso é verdade, e sou grato por sua generosidade, pode ter certeza. Ficaria orgulhoso e feliz em fazer qualquer coisa pelo senhor ou pela dama, mas não posso desistir dos meus domingos de forma alguma. Li que Deus criou o homem, os cavalos e todos os outros animais e, assim que os terminou, criou um dia de descanso e ordenou que todos descansassem um dia a cada sete; e creio, senhor, que Ele devia saber o que era bom para eles, e tenho certeza de que é bom para mim. De maneira geral, estou mais forte e mais saudável agora que tenho um dia de descanso; os cavalos também ficam revigorados e não se cansam tão rápido. Todos os cocheiros de seis dias me dizem a mesma coisa, e tenho mais dinheiro na poupança do que jamais tive antes; e, quanto à minha mulher e as crianças, senhor, ora, Deus nos livre! Elas também não gostariam que eu voltasse à licença de sete dias.

— Pois muito bem. Não se preocupe, sr. Barker, vou inquirir noutro lugar. — E foi-se embora.

— Bom, não há outro jeito, Jack, meu rapaz; precisamos dos nossos domingos — disse Jerry para mim, e gritou: — Polly! Polly! Venha cá.

Ela chegou num instante.

— O que foi, Jerry?

— Ora, meu bem, o sr. Briggs queria que eu levasse a sra. Briggs à igreja todo domingo de manhã. Eu disse que só tenho a licença de seis dias e ele respondeu: "Arranje a licença de sete dias e farei valer a pena", e, como você sabe, Polly, eles são ótimos fregueses para nós. Muitas vezes, a sra. Briggs passa horas fazendo compras ou visitas e depois paga o preço justo e honesto como uma dama, não pede descontos nem tenta pagar por três horas o preço de duas horas e meia, como algumas pessoas fazem, e é um trabalho fácil para os cavalos, diferente de sair a toda pressa para pegar trens por causa de gente que está sempre quinze minutos atrasada. Se eu não ceder nessa questão, é muito provável que percamos esses fregueses completamente. O que acha disso, querida?

— Eu acho, Jerry — disse ela, falando muito devagar —, acho que, mesmo se a sra. Briggs lhe oferecesse um soberano todo domingo de manhã, eu não gostaria que você voltasse a trabalhar sete dias. Sabemos como era não ter o domingo e agora sabemos o que é chamá-lo de nosso. Graças a Deus, você ganha o bastante para nos sustentar, embora às vezes seja difícil pagar por toda a aveia, o feno, a licença e, além de tudo, o aluguel, mas Harry logo vai começar a trabalhar e eu prefiro enfrentar ainda mais dificuldades do que já enfrentamos a voltar àquela época horrível, quando você mal tinha um minuto para olhar para seus próprios filhos e nunca conseguíamos ir a um local de adoração juntos, nem ter um dia feliz e tranquilo. Deus nos livre de voltar àquela época; é isso o que eu acho, Jerry.

— E foi exatamente o que eu disse ao sr. Briggs, meu bem, e é o que pretendo fazer. Então, não se aflija, Polly — disse ele, pois ela havia começado a chorar. — Eu não voltaria aos velhos tempos nem se ganhasse o dobro, portanto, está resolvido, querida. Agora, anime-se, e eu vou para o ponto.

Três semanas se passaram depois dessa conversa e não chegou nenhum pedido da sra. Briggs; portanto, não havia nada a fazer além de pegar passageiros no ponto. Jerry levou a situação muito a sério, pois é claro que o trabalho lá era mais árduo para o cavalo e o homem. Mas Polly sempre o animava, dizendo:

— Deixe para lá, pai, deixe para lá.

Faça o melhor que puder,
Deixe o resto para lá,
Que tudo vai se acertar
Num dia ou noite qualquer.

Logo se soube que Jerry havia perdido seus melhores fregueses, assim como o motivo disso. A maioria dos homens disse que ele era tolo, mas dois ou três ficaram ao seu lado.

— Se os trabalhadores abrirem mão do domingo, logo não sobrará nada — disse Truman. — É direito de todo homem e de todo animal. Pela lei de Deus e pela lei da Inglaterra, temos um dia de descanso, e eu digo que devemos insistir nos direitos que essas leis nos dão e preservá-los para nossos filhos.

— Vocês, que são religiosos, podem pensar assim — disse Larry. — Mas eu aceito um xelim sempre que posso. Não acredito em religião, pois não acho que os religiosos sejam melhores do que as outras pessoas.

— Se não são melhores, é porque não são religiosos — acrescentou Jerry. — Seria o mesmo que dizer que as leis de nosso país não são boas porque alguém as viola. Se um homem perde a compostura, fala mal do próximo e não paga suas dívidas, ele não é religioso, não me importa quantas vezes vá à igreja. Se alguns homens são falsários e trapaceiros, não significa que a religião seja falsa. A verdadeira religião é a melhor coisa, a mais verdadeira do mundo e a única que pode fazer um homem feliz de verdade e melhorar o mundo em que vivemos.

— Se a religião servisse para alguma coisa, impediria que os religiosos nos fizessem trabalhar aos domingos, como você sabe que muitos deles fazem — disse Jones. — É por isso que digo que a religião não passa de falsidade; ora, se não fosse pela igreja e por quem a frequenta, de nada nos valeria sair aos domingos. Mas eles têm seus privilégios, como dizem, e eu não. Eles que respondam pela minha alma, se eu não tiver a chance de salvá-la.

Vários dos homens aplaudiram essa fala, até que Jerry disse:

— Isso pode soar muito correto, mas não funciona. Cada homem deve cuidar da própria alma; você não pode deixá-la à porta de outro como se fosse uma criança enjeitada e esperar que cuide dela. E não vê que, se estiver sempre sentado em sua boleia esperando um passageiro, eles dirão: "Se não o contratarmos, outra pessoa o fará; ele não espera descansar no domingo"? É claro que eles não refletem sobre a questão; do contrário, perceberiam que, se nunca viessem procurar uma carruagem, não adiantaria você esperar. Mas as pessoas nem sempre gostam de refletir sobre uma questão, porque pode não ser conveniente fazê-lo; mas, se todos vocês, cocheiros de domingo, exigissem um dia de descanso, o assunto estaria resolvido.

— E o que toda essa boa gente faria se não pudesse ir de carruagem até seu pregador favorito? — perguntou Larry.

— Não cabe a mim definir planos para as outras pessoas, mas, se não conseguem andar até lá, podem ir à igreja mais próxima, e, se chover, podem usar a capa de chuva como fazem nos dias de semana. Se uma coisa é certa, é possível, e, se é errada, podemos passar sem ela; um homem bom sempre dá um jeito. E isso é verdade tanto para nós, cocheiros, quanto para quem vai à igreja.

37

A regra de ouro

Duas ou três semanas depois, quando voltamos para o pátio tarde da noite, Polly chegou correndo pela rua com a lanterna (o que sempre fazia por Jerry se não estivesse chovendo muito).

— No fim, tudo se resolveu, Jerry; hoje à tarde, a sra. Briggs mandou um empregado para pedir que você a pegue amanhã às onze horas. Eu disse: "Sim, ele vai estar lá, mas imaginávamos que agora ela estivesse contratando outro cocheiro". "Bom", ele respondeu, "a verdade é que o patrão ficou aborrecido porque o sr. Barker se recusou a ir aos domingos e vem experimentando outras carruagens, mas todas têm um defeito; algumas vão rápido demais, outras, muito devagar, e a patroa diz que nenhuma delas é tão bonita e limpa quanto a de vocês, e não aceitará nada a não ser a carruagem do sr. Barker."

Polly estava quase sem fôlego e Jerry desatou a rir alegremente.

— "Tudo vai se acertar num dia ou noite qualquer": você estava certa, meu bem; geralmente está. Corra a preparar o jantar, e vou tirar o arreio de Jack e deixá-lo aconchegado e feliz num instante.

Depois disso, a sra. Briggs quis a carruagem de Jerry com a mesma frequência de antes; nunca, porém, aos domingos. Mas chegou um dia em que tivemos que trabalhar num domingo, e foi assim que aconteceu:

No sábado à noite, tínhamos voltado para casa exaustos e muito felizes por pensar que o dia seguinte seria só de descanso, mas isso não haveria de ocorrer. Na manhã de domingo, Jerry estava me limpando no pátio quando Polly se aproximou, cheia de ansiedade.

— O que foi? — perguntou Jerry.

— Bom, meu bem, a pobre Dinah Brown acaba de receber uma carta informando que a mãe dela está com uma doença grave e que ela deve ir imediatamente para lá se quiser vê-la com vida. O lugar fica a mais de dezesseis quilômetros daqui, no interior, e ela diz que, se for de trem, ainda terá que cobrir seis quilômetros a pé; fraca como é, e com o bebê de apenas quatro semanas, é claro que isso seria impossível. Ela quer saber se você a levaria de carruagem, e ela promete pagar fielmente, pois pode conseguir o dinheiro.

— Ora, ora! Vamos ver. Não é no dinheiro que estou pensando, mas em perder nosso domingo; os cavalos estão cansados, e eu também... é isso que me aflige.

— Aflige a todos nós, aliás — disse Polly —, pois é meio domingo sem você, mas sabe que devemos fazer com as pessoas o que gostaríamos que fizessem conosco, e sei muito bem o que eu gostaria que fizessem se minha mãe estivesse morrendo. Jerry, querido, tenho certeza de que isso não violará o dia de descanso, pois se tirar um pobre burro ou algum outro animal de um buraco não o violaria, tenho certeza de que levar a pobre Dinah não o fará.

— Ora, Polly, você é tão boa quanto o pastor; assim, como já ouvi meu sermão da manhã de domingo, você pode ir dizer a Dinah que estarei pronto para levá-la quando o relógio der dez horas. Mas espere; passe pelo açougueiro Braydon, mande meus cumprimentos e pergunte se ele poderia me emprestar o tílburi; sei que ele nunca o usa aos domingos, e faria uma diferença enorme para o cavalo.

Ela se foi e logo voltou, dizendo que sim, ele poderia usar o tílburi.

— Muito bem — disse ele. — Agora, arranje-me um pouco de pão e queijo, e voltarei o mais cedo possível, à tarde.

— E eu estarei com a torta de carne pronta para a hora do chá em vez de para o jantar — disse Polly, e foi-se outra vez, enquanto ele se preparava cantarolando "Polly é a mulher certa e não há dúvida", canção de que gostava muito.

Fui escolhido para a viagem e às dez horas partimos num tílburi leve e de rodas altas que rodava com tanta facilidade que, depois da carruagem de quatro rodas, parecia não pesar nada.

Era um belo dia de maio e, assim que saímos da cidade, o ar doce, o cheiro do capim fresco e as estradas macias do interior foram tão agradáveis quanto eram nos velhos tempos, e logo comecei a me sentir revigorado.

A família de Dinah morava numa pequena propriedade rural, numa alameda verdejante perto de uma campina com belas árvores frondosas, onde duas vacas pastavam. Um rapaz pediu a Jerry que conduzisse o tílburi pela campina, dizendo que me amarraria no curral e gostaria de ter acomodações melhores para oferecer.

— Se suas vacas não ficarem ofendidas — disse Jerry —, nada agradaria mais o meu cavalo do que passar uma ou duas horas nessa bela campina; ele é tranquilo, e seria um raro prazer para ele.

— Pois venha e seja bem-vindo — respondeu o jovem. — O que temos de melhor está ao seu dispor pela sua gentileza com minha irmã. Jantaremos daqui a uma hora e espero que o senhor nos acompanhe, embora, com minha mãe tão doente, estejamos todos sem ânimo.

Jerry agradeceu gentilmente, mas disse que, como havia trazido comida para si, nada o alegraria mais do que ficar na campina.

Depois que tiraram meu arreio, eu não sabia o que fazer primeiro — comer capim ou rolar na grama, ou deitar e descansar, ou galopar pela campina de pura euforia por estar livre; fiz todas essas coisas, uma por vez. Jerry parecia estar tão feliz quanto eu; sentou-se junto de um declive à sombra de uma árvore e ouviu os pássaros, depois cantou e leu o livrinho marrom de que tanto gosta, depois vagou à toa pela campina e ao longo de um pequeno riacho, onde colheu flores e folhas de espinheiro-branco, amarrando-as com longos ramos de hera; por fim, alimentou-me com a aveia que havia trazido. Mas tudo durou muito pouco — eu não ficava num campo desde que havia me separado da pobre Gengibre em Earlshall.

Voltamos para casa tranquilamente, e, quando entramos no pátio, as primeiras palavras de Jerry foram:

— Bom, Polly, no fim das contas, não perdi meu domingo, pois os pássaros cantavam hinos em cada arbusto e eu participei da adoração. Quanto a Jack, voltou a ser um potrinho.

E Jerry entregou as flores para Dolly, que pulou de alegria.

38

Dolly e um autêntico cavalheiro

O inverno chegou cedo, trazendo muito frio e chuva. Por várias semanas, houve neve, granizo ou chuva quase todos os dias, diminuindo apenas para dar lugar a ventos cortantes ou geadas intensas. Isso afetou muito todos os cavalos. Quando faz um frio seco, um par de mantas boas e grossas mantêm o calor no nosso corpo, mas, na chuva forte, elas logo ficam encharcadas e não servem para nada. Alguns dos cocheiros tinham uma capa impermeável, o que era ótimo, mas outros eram tão pobres que não conseguiam proteger nem a si próprios nem aos cavalos, e muitos sofreram terrivelmente naquele inverno. Depois que nós, os cavalos, trabalhávamos metade do dia, íamos para os estábulos secos e podíamos descansar, enquanto os cocheiros precisavam ficar sentados nas boleias, às vezes até uma ou duas horas da manhã, se tivessem que esperar o fim de uma festa.

Para os cavalos, encontrar as ruas escorregadias de geada ou neve era a pior situação. Viajar assim por um ou dois quilômetros, com um peso para puxar e nenhum ponto firme onde pisar, exigia mais de nós do que percorrer o dobro numa rua boa; cada nervo e músculo do corpo se esforça para manter o equilíbrio e, ademais, o medo de cair é mais exaustivo do que qualquer outra coisa. Se as estradas estiverem em muito mau estado, nossas ferraduras são raspadas para que fiquem mais ásperas, mas no começo isso nos deixa nervosos.

Quando o tempo estava péssimo, muitos cocheiros se abrigavam dentro da taverna mais próxima e pediam que alguém prestasse atenção ao movimento na rua, mas assim perdiam passageiros com frequência e não conseguiam, como dizia Jerry, ficar lá sem gastar dinheiro. Ele nunca ia à taverna Rising Sun; perto dali, havia um café aonde ia de vez em quando, ou comprava algo de um velho que vinha à nossa fileira de carruagens trazendo café quente e tortas. Jerry era da opinião de que beber destilados e cerveja deixava o homem mais frio, e que as roupas secas, a comida boa, o bom humor e uma mulher contente em casa eram as melhores coisas para aquecer um cocheiro. Polly sempre lhe provia o que comer quando ele não conseguia ir para casa, e às vezes ele via a pequena Dolly espiar da esquina da rua para ter certeza de que o pai estava no ponto das carruagens. Se o visse, ela saía correndo a toda velocidade e logo voltava com alguma coisa dentro de uma lata ou cesta, uma sopa quente ou um pudim que Polly tivesse deixado pronto. Era maravilhoso como um serzinho tão pequeno conseguia atravessar com segurança a rua, tantas vezes apinhada de cavalos e carruagens, mas ela era uma mocinha valente e ficava muito honrada por levar "o primeiro prato do pai", como ele dizia. Era a favorita de todos no ponto, e não havia homem que não a ajudasse a atravessar a rua sã e salva se Jerry não pudesse fazer isso.

Num dia de vento frio, Dolly trouxe uma tigela de comida quente para Jerry e ficou ao seu lado enquanto ele comia. Mal havia começado quando um cavalheiro, vindo a toda pressa em nossa direção, ergueu o guarda-chuva num cumprimento. Em resposta, Jerry tocou no chapéu, deu a tigela para Dolly e já estava tirando meu cobertor quando o cavalheiro, adiantando-se, exclamou:

— Não, não, termine a sopa, meu amigo! Não tenho muito tempo, mas posso esperar até que acabe e leve sua filhinha para a calçada. — Dizendo isso, ele se acomodou na carruagem.

Jerry agradeceu gentilmente e voltou para junto de Dolly.

— Viu só, Dolly? Esse é um cavalheiro, um verdadeiro cavalheiro; dispôs seu tempo e sua consideração pelo conforto de um pobre cocheiro e de uma menininha.

Jerry terminou a sopa, ajudou a criança a cruzar a rua e depois atendeu seu pedido de ir até Clapham Rise. Depois disso, o mesmo cavalheiro pegou nossa carruagem várias vezes. Acho que gostava muito de cães e cavalos, pois, sempre que o levávamos até a porta da sua casa, dois ou três cães corriam a recebê-lo. Às vezes, ele vinha até mim e me acarinhava, dizendo, à sua maneira tranquila e agradável:

— Este cavalo tem um bom mestre e o merece.

Era muito raro uma pessoa prestar atenção ao cavalo que trabalhava para ela. Conheci damas que faziam isso de vez em quando, além desse cavalheiro, e um ou dois outros que me ofereceram um afago e uma palavra gentil, mas, para noventa e nove a cada cem pessoas, seria o mesmo que afagar a locomotiva do trem.

O cavalheiro não era jovem e tinha os ombros encurvados para a frente, como se estivesse sempre a ponto de pegar alguma coisa. Seus lábios eram finos e tensos, embora tivesse um sorriso amável; os olhos eram aguçados, e havia algo na mandíbula e nos movimentos da cabeça que levava a pensar que ele era muito determinado em tudo o que decidia fazer. Sua voz era agradável e bondosa; qualquer cavalo confiaria naquela voz, embora fosse tão decidida quanto tudo o que vinha dele.

Um dia, ele e outro cavalheiro pegaram nossa carruagem, pararam numa loja na rua R. e, enquanto seu amigo entrava, ele ficou à porta. Um pouco à nossa frente, do outro lado da rua, havia uma carroça com dois belos cavalos parada diante de umas adegas. O cocheiro não estava com eles, e não sei dizer havia quanto tempo estavam parados, mas pareciam achar que já haviam esperado o bastante e começaram a andar. Antes que dessem muitos passos, o cocheiro chegou correndo e os deteve. Parecia furioso por terem saído do lugar e, com o chicote e as rédeas, castigou-os brutalmente, batendo até mesmo nas cabeças. Nosso cavalheiro viu a cena e, atravessando depressa a rua, disse com voz decidida:

— Se não parar com isso imediatamente, vou mandar prendê-lo por abandonar seus cavalos e ter um comportamento brutal!

O homem, que obviamente estivera bebendo, desfiou uma série de impropérios, mas parou de bater nos cavalos e, pegando as rédeas, subiu na carroça. Enquanto isso, nosso amigo tirou, tranquilamente, um caderno de notas do bolso e, olhando o nome e o endereço pintados na carroça, escreveu alguma coisa.

— O que quer com isso? — rosnou o cocheiro, estalando o chicote e já seguindo viagem. Um meneio da cabeça e um sorriso severo foram a única resposta que recebeu.

Ao voltar para a carruagem, o companheiro de nosso amigo juntou-se a ele, rindo e dizendo:

— Eu imaginava que você tivesse assuntos próprios suficientes dos quais cuidar em vez de se ocupar dos cavalos e empregados alheios, Wright.

Nosso amigo ficou parado por um momento e, erguendo um pouco a cabeça, respondeu:

— Sabe por que este mundo está tão ruim?

— Não.

— Pois vou lhe contar. É porque as pessoas só pensam nos próprios assuntos e não se dão ao trabalho de defender os oprimidos, nem de trazer à luz o malfeitor. Nunca testemunho um ato cruel como esse sem fazer o que posso para corrigi-lo, e muitos patrões já me agradeceram por informar como seus cavalos foram tratados.

— Gostaria que houvesse mais cavalheiros como o senhor, pois estão em falta nesta cidade — disse Jerry.

Depois disso, continuamos o passeio e, quando os passageiros desceram da carruagem, nosso amigo estava dizendo:

— Minha doutrina é esta: se virmos uma injustiça ou maldade que tenhamos o poder de impedir, e se não fizermos nada, seremos também culpados por ela.

39

Sam Seboso

Preciso admitir que, para um cavalo de carruagem de aluguel, eu estava em ótima situação; meu condutor era meu dono, era de seu interesse me tratar bem e não me extenuar, e seria assim mesmo que ele não fosse um homem tão bom quanto era. Mas havia muitos cavalos pertencentes a grandes proprietários de carruagens que os entregavam aos cocheiros por certa quantia diária. Como os cavalos não pertenciam a esses homens, estes só pensavam em fazer os animais renderem dinheiro, primeiro para pagar o patrão, depois para ganhar a vida, e tal situação era terrível para alguns desses cavalos. É óbvio que eu não entendia muito, mas o assunto era frequente no ponto de carruagens, e o gerente, que tinha bom coração e apreciava os cavalos, às vezes se pronunciava quando algum deles chegava exausto ou maltratado.

Um dia, um condutor maltrapilho e de aparência infeliz, conhecido como Sam Seboso, trouxe seu cavalo com aspecto terrivelmente exausto, e o gerente disse:

— Com essa aparência, você e seu cavalo deveriam estar na delegacia de polícia em vez de neste ponto.

O homem jogou uma manta esfarrapada sobre o cavalo, virou-se para encarar o gerente e disse, com a voz quase desesperada:

— Se a polícia tem alguma coisa a ver com isso, deve ser com os patrões que nos cobram tanto dinheiro ou com as passagens que são tão baratas. Se um sujeito tem que pagar dezoito xelins por dia para usar uma carruagem e dois cavalos, como muitos temos que fazer hoje em dia, e precisamos cobrir esse custo antes de ganharmos um *penny* que seja, é mais do que trabalho duro; é preciso tirar nove xelins por dia de cada cavalo antes de começar a garantir o próprio sustento. Você sabe que é verdade. Se os cavalos não trabalharem, vamos passar fome, e eu e meus filhos sabemos o que é passar fome. Tenho seis e só um deles ganha alguma coisa; passo de catorze a dezesseis horas por dia no ponto e não tenho um domingo de folga há dez ou doze semanas; você sabe que Skinner nunca dá um dia de folga se não for obrigado a fazer isso, e, se eu não trabalhar duro, quem vai trabalhar? Quero um casaco quente e uma capa de chuva, mas, com tantas bocas para alimentar, como é possível? Na semana passada, tive que penhorar meu relógio para pagar Skinner, e nunca mais vou recuperá-lo.

Alguns dos outros condutores ficaram ali, balançando a cabeça e dizendo que ele tinha razão. O homem continuou:

— Vocês, que têm seus próprios cavalos e carruagens, ou que trabalham para bons patrões, têm a chance de prosperar; eu não tenho. Não podemos cobrar mais de dez pence por quilômetro depois do primeiro, dentro de um raio de sete. Hoje mesmo, tive que percorrer dez quilômetros completos e só ganhei três xelins. Na volta, não consegui passageiro e tive que voltar mesmo assim; são vinte quilômetros para o cavalo e três xelins para mim. Depois disso, peguei um trajeto de cinco quilômetros e havia malas e caixas suficientes para render uma boa quantidade de moedas se tivessem sido transportadas do lado de fora, mas vocês sabem como as pessoas são: tudo o que cabia na carruagem foi empilhado lá dentro e três caixas pesadas foram colocadas em cima dela. Isso custou seis pence, e a passagem, um xelim e seis pence; na volta, consegui um trajeto de um xelim. Agora, são trinta quilômetros para o cavalo e seis xelins para mim; ainda faltam três xelins para cobrir o custo do cavalo e nove xelins para o cavalo da tarde antes que eu ganhe um centavo. É claro que nem sempre é tão ruim assim, mas vocês sabem que muitas vezes é. É um disparate dizer a um homem que ele não deve cansar o cavalo, pois, quando um animal está esgotado, só o chicote o faz continuar mexendo as pernas. Não tem outro jeito: o sujeito precisa pensar na mulher e nos filhos antes de pensar no cavalo. Os patrões têm que resolver isso, porque nós não podemos. Eu não maltrato meu cavalo à toa; nenhum de vocês pode dizer que faço isso. Está tudo errado: nunca tenho um dia de folga, nunca tenho um momento de sossego com a mulher e as crianças. Muitas vezes, sinto que estou velho, apesar de só ter quarenta e cinco anos. Vocês sabem como certos ricos sempre desconfiam que estamos trapaceando e cobrando a mais; ora, eles ficam com a bolsa nas mãos, contando até o último *penny* e olhando para nós como se fôssemos uns larápios. Gostaria que tivessem que passar dezesseis horas por dia sentados em minha boleia e tirar seu sustento disso, além dos dezoito xelins, quer chova ou faça sol; assim, não fariam tanta questão de nunca nos dar uma moeda de seis pence a mais, nem de socar toda a bagagem lá dentro. É claro que alguns dão gorjetas bem boas de vez em quando, senão, seria impossível viver, mas não podemos contar com isso.

Os homens ao redor dele concordaram com esse discurso, e um deles disse:

— É difícil, não tem jeito. Se um homem nessa situação às vezes faz coisas erradas, não é de se admirar, e, se ele tomar uns tragos a mais, quem vai censurá-lo?

Jerry não participou dessa conversa, mas nunca vi tanta tristeza em seu olhar. O gerente ficara o tempo todo com as mãos nos bolsos; em seguida, tirou o lenço guardado no chapéu e enxugou a testa, dizendo:

— Você me venceu, Sam, pois tudo isso é verdade e não vou mais dizer que é caso de polícia; foi a aparência desse cavalo que me deixou fora de mim. É uma vida dura para o homem e também para o animal, e quem vai resolver o problema eu não sei. Mas, de todo modo, você poderia dizer ao pobre cavalo que lamenta exigir tanto dele. Às vezes, uma palavra gentil é a única coisa que podemos oferecer aos animais, e o mais maravilhoso é que eles entendem.

Algumas manhãs depois dessa conversa, um novo homem chegou ao ponto com a carruagem de Sam.

— Olá! — disse um dos outros. — Cadê o Sam Seboso?

— Está doente, acamado — respondeu o homem. — Ficou mal ontem à noite, no pátio, e quase não conseguiu se arrastar até em casa. A mulher dele mandou um menino hoje de manhã para dizer que o pai estava com febre alta e não podia sair. Então, eu vim.

Na manhã seguinte, o mesmo homem voltou.

— Como está Sam? — perguntou-lhe o gerente.

— Partiu.

— O quê? Como assim? Está dizendo que ele morreu?

— Foi há pouco. Morreu hoje, às quatro horas da manhã. Passou o dia todo ontem num delírio furioso, falando de Skinner e de não ter domingos. 'Eu nunca tive um domingo de folga'; essas foram as últimas palavras dele.

Por um tempo, todos ficaram em silêncio; depois, o gerente declarou:

— Vou lhes dizer uma coisa, colegas: isso é um aviso para nós.

40

Pobre Gengibre

Um dia, enquanto nossa carruagem e muitas outras esperavam diante de um parque onde se tocava música, uma carruagem velha e rota parou ao lado da nossa. O cavalo era um alazão velho e abatido, de pelagem malcuidada e ossos aparentes, joelhos arqueados e patas dianteiras sem nenhuma firmeza. Eu estava comendo um pouco de feno e o vento soprou um pequeno tufo naquela direção. A pobre criatura esticou o pescoço comprido e fino, pegou-o e olhou à sua volta, procurando mais. Não pude deixar de notar a expressão desesperada em seus olhos turvos e, enquanto tentava lembrar onde já vira aquele cavalo, ela olhou nos meus olhos e disse:

— Beleza Negra, é você?

Era Gengibre! Mas como havia mudado! O pescoço, antes um arco lindo e lustroso, agora estava reto, delgado e retraído; as pernas retas e firmes e as delicadas quartelas estavam inchadas; o excesso de trabalho deformara as juntas; o rosto, que já fora tão cheio de vigor e vida, agora estava tomado pelo sofrimento, e percebi, pelo corpo arfante e pela tosse frequente, que ela respirava com dificuldade.

Nossos condutores estavam juntos a certa distância de nós; por isso, dei um ou dois passos na direção dela, para que pudéssemos conversar um pouco em voz baixa.

Triste era a história que Gengibre tinha para contar. Depois da folga de um ano em Earlshall, consideraram-na apta a trabalhar outra vez e venderam-na para um cavalheiro. Por um tempo, ela viveu muito bem, mas, depois de um galope mais longo do que o normal, a velha fadiga voltou; após descansar e ser medicada, foi vendida outra vez. Assim, mudou de dono várias vezes, mas o seguinte era sempre pior que o anterior.

— E assim, finalmente, fui comprada por um homem que tem várias carruagens e cavalos e os aluga — disse ela. — Você parece estar bem, e fico feliz por isso, mas nem consigo lhe contar como tem sido minha vida. Quando descobriram minha fraqueza, disseram que eu não valia o que custava e que precisava puxar a carruagem e andar até cair, é exatamente o que estão fazendo comigo, açoitando-me e forçando-me a trabalhar sem nunca pensar no que eu sofro: pagaram por mim e precisam recuperar o dinheiro, é o que dizem. O homem que me aluga agora dá uma boa quantia ao proprietário todos os dias, e, por isso, também precisa me usar para recuperar o dinheiro; e é assim a semana toda, sem um único domingo de folga.

— Antes, você se defendia se a maltratassem — eu disse.

— Ah! Eu me defendi uma vez, mas foi em vão; os homens são mais fortes e, quando são cruéis e não têm sentimentos, não há nada que possamos fazer, apenas aguentar... aguentar sem parar até o fim. Quem me dera o fim chegasse, quem me dera morrer. Já vi cavalos mortos e tenho certeza de que não sofrem mais. Quisera cair morta enquanto trabalho e não ser mandada para o matadouro!

Fiquei aflito e encostei o focinho no dela, mas não consegui dizer nada que a consolasse. Acho que ela ficou feliz em me ver, pois disse:

— Você é o único amigo que já tive.

Só então o condutor dela voltou e, dando-lhe um puxão na boca, fez com que saísse da fila e foi-se embora, deixando-me muitíssimo triste.

Pouco tempo depois, uma carroça passou por nosso ponto de carruagens levando um cavalo morto. A cabeça pendia para fora da carroça, e da língua sem vida escorria uma baba sanguinolenta, e os olhos estavam fundos! Não consigo descrevê-los, a visão era horrenda demais. Era um cavalo alazão de pescoço longo e fino, e tinha uma listra branca na testa. Achei que fosse Gengibre e esperava que sim, pois nesse caso seu sofrimento havia acabado. Ah! Se os homens tivessem mais compaixão, atirariam em nós antes de chegarmos a tal estado.

41

O açougueiro

Vi muito padecimento entre os cavalos em Londres, e teria sido possível evitar boa parte dele com um pouco de bom senso. Nós, cavalos, não nos importamos em trabalhar arduamente se formos tratados com sensatez, e tenho certeza de que há muitos cavalos conduzidos por homens pobres que têm uma vida mais feliz do que eu tive quando puxava a carruagem da condessa de W., com arreio enfeitado de prata e alimentação de alta qualidade.

Era de partir o coração ver como os pôneis eram usados, puxando cargas pesadas ou cambaleando sob os golpes brutais de algum menino vil e cruel. Certa vez, vi um poneizinho cinza de crina espessa e linda cabeça, tão parecido com Passoleve que, se eu não estivesse atrelado, teria relinchado para ele. O pônei estava fazendo todo o possível para puxar uma carroça pesada, enquanto um garoto forte e bruto talhava sua barriga com o chicote e puxava-lhe impiedosamente a boca pequenina. Seria Passoleve? Era idêntico a ele, mas o sr. Blomefield concordara em nunca o vender, e creio que não o faria; mas aquele pequenino também poderia muito bem ser um ótimo camarada e ter vivido num lugar tão feliz quanto aquele quando jovem.

Eu notava com frequência a grande velocidade com que os cavalos dos açougueiros eram forçados a andar, embora não soubesse por que, até o dia em que tivemos que esperar algum tempo em St. John's Wood. Havia um açougue ao lado e, enquanto esperávamos, a carroça do açougueiro chegou num passo ligeiro. O cavalo, esbaforido e exausto, baixou a cabeça enquanto o corpo arquejante e as pernas trêmulas demonstravam o esforço que fora obrigado a fazer. O rapaz desceu da carroça e estava pegando um cesto quando o patrão saiu da loja, muito descontente. Depois de olhar para o cavalo, voltou-se para o jovem, zangado.

— Quantas vezes terei que mandar que não conduza o cavalo assim? Você arruinou o último cavalo, acabou com o fôlego dele e vai arruinar esse do mesmo jeito. Se não fosse meu filho, eu o demitiria agora mesmo! É uma vergonha trazer o cavalo ao açougue em semelhante estado. Você pode ser detido pela polícia por conduzi-lo assim e, se for, não me peça para pagar a fiança, pois já o avisei mil vezes. Trate de se cuidar.

Durante esse discurso, o rapaz ficou parado, quieto e obstinado, mas, quando o pai silenciou, ele explodiu de raiva. Não aceitaria a culpa, porque não era dele; passava o tempo todo só entregando encomendas.

— Você sempre diz: "Vá rápido; preste atenção!", e, quando vou até as casas, alguém quer uma perna de carneiro para jantar mais cedo e eu preciso voltar com ela num quarto de hora, outro cozinheiro se esqueceu de pedir a carne e preciso buscá-la e voltar o mais rápido possível, senão a patroa vai repreendê-lo, e a governanta diz que vão receber uma visita inesperada e precisam de costeletas o quanto antes, e a senhora no número 4 da Crescent só pede o jantar quando a carne chega para o almoço, e tudo é pressa e mais pressa o tempo todo. Se os ricos pensassem no que querem e encomendassem a carne no dia anterior, não precisava haver toda essa correria!

— Eu adoraria que fosse assim — disse o açougueiro. — Isso me pouparia de muitos transtornos e eu poderia atender muito melhor aos clientes se soubesse de antemão... mas ora! De que adianta falar? Quem é que pensa na conveniência de um açougueiro ou de um cavalo? Agora, leve-o para o pátio e trate bem dele; não o deixe sair mais hoje, e, se houver mais alguma encomenda, você mesmo deve carregá-la no cesto. — Com isso, ele entrou, e o cavalo foi levado para dentro.

Mas nem todos os rapazes são cruéis. Já vi alguns gostarem de seu pônei ou burro como se fosse um cachorro de estimação, e os pequeninos trabalhavam com tanta alegria e boa vontade por seus jovens condutores quanto eu trabalhava para Jerry. Às vezes, é um trabalho difícil, mas a mão e a voz de um amigo o facilitam.

Havia um jovem vendedor que chegou à nossa rua trazendo verduras e batatas; ele tinha um pônei velho e não muito bonito, mas era a criaturinha mais alegre e bem-disposta que já vi, e foi um prazer ver como os dois gostavam um do outro. O pônei seguia o mestre como se fosse um cão, e, quando ele subia na carroça, saía trotando sem chicote nem palavra, sacolejando pela rua com tanta alegria quanto se tivesse saído dos estábulos da rainha. Jerry gostou do rapaz e o apelidou de "Príncipe Charlie", pois disse que um dia ele seria o rei dos cocheiros.

Também havia um velho que passava pela nossa rua com uma carrocinha de carvão; ele usava um chapéu de carvoeiro, preto e de abas largas, e parecia rústico e escurecido. Ele e seu velho cavalo iam juntos pela rua, devagar, como dois bons companheiros que se entendiam; o cavalo parava por conta própria à porta das pessoas que compravam carvão e sempre ficava com uma orelha inclinada na direção de seu mestre. Ouvia-se o brado do velho pela rua muito antes de ele se aproximar. Nunca entendi o que dizia, mas as crianças o chamavam de "Velho *Bararrú*", porque o som do grito era esse. Polly comprava carvão desse homem simpático e Jerry dizia que era um consolo pensar em como um cavalo velho podia ser feliz num lugar pobre.

42

A eleição

Certa tarde, Polly saiu de casa assim que entramos no pátio.

— Jerry! O sr. B. esteve aqui perguntando a respeito do seu voto. Ele quer alugar sua carruagem para a eleição e virá buscar a resposta.

— Bom, Polly, pode dizer a ele que minha carruagem não está disponível. Ora, não quero que ninguém a cubra de cartazes enormes, e acho que fazer Jack e Capitão correrem de taverna em taverna para convocar eleitores meio bêbados seria uma ofensa aos cavalos. Não, não vou fazer isso.

— Imagino que você vá votar no cavalheiro, não é? Ele disse que concordava com você na política.

— Ele concorda em algumas questões, mas não vou votar nele, Polly. Sabe qual é a ocupação dele?

— Sei.

— Bom, um homem que enriquece com tal ocupação pode ficar muito bem em certos aspectos, mas é cego quanto ao que os trabalhadores querem; minha consciência não me deixaria autorizá-lo a criar as leis. Imagino que ficará zangado, mas todo homem deve fazer o que considera melhor para o seu país.

Na manhã anterior à eleição, Jerry estava me atrelando à carruagem quando Dolly entrou no pátio chorando e soluçando, com seu vestidinho azul e seu avental branco sujos de lama.

— Ora, Dolly, o que aconteceu?

— Aqueles meninos malvados — soluçou ela — jogaram um monte de barro em mim e me chamaram de po... po...

— Eles a chamaram de pobretona "azul", pai — contou Harry, que entrou correndo com uma expressão furiosa. — Mas ensinei uma lição a eles e não vão mais ofender minha irmã. Dei uma surra que nunca esquecerão; bando de salafrários "laranja", infames e covardes.[6]

Jerry beijou a menina e disse:

— Vá ver sua mãe, meu bem, e diga a ela que acho melhor você ficar em casa hoje e ajudá-la.

Em seguida, voltou-se com seriedade para Harry:

— Meu filho, espero que você sempre defenda sua irmã e dê uma boa surra em quem a ofender; é assim que se faz. Mas, lembre-se, não quero nenhuma infâmia eleitoral em minha casa. Existe gente infame em toda parte, "azul" e "laranja", assim como branca, roxa ou de qualquer outra cor, e não quero que ninguém da minha família se misture com ela. Até as mulheres e crianças estão dispostas a brigar em nome de uma cor, e nem uma em dez delas sabe do que se trata.

— Ora, pai, achei que o azul significasse liberdade.

— Meu menino, a liberdade não vem das cores; elas só representam um partido, e a única liberdade que você consegue tirar delas é a liberdade de se embebedar às custas de outrem, liberdade para ir à urna numa carruagem velha e suja, liberdade

---

6 Azul é a cor do Partido Conservador britânico, criado em 1832. É o partido político mais antigo do Reino Unido e, a partir de 1859, disputou o poder com o Partido Liberal, representado pela cor laranja. [N. T.]

para maltratar qualquer pessoa que não use a mesma cor que você e gritar até ficar rouco por algo que não entente por completo... essa é a liberdade!

— Ah, pai, está brincando.

— Não, Harry, estou falando sério e me envergonho de ver o comportamento de homens que deveriam ser mais sensatos. Uma eleição é um assunto muito sério; pelo menos, deveria ser. Cada homem deve votar de acordo com sua consciência e deixar que o vizinho faça o mesmo.

43

Um amigo necessitado

Finalmente, o dia da eleição chegou; não faltou trabalho para Jerry e para mim. Primeiro, chegou um cavalheiro robusto e empolado com uma mala de tecido querendo ir para a estação Bishopsgate; depois, fomos chamados por um grupo que pedia para ser levado até o Regent's Park; em seguida, fomos a uma viela onde uma velha tímida e ansiosa esperava para ir ao banco; lá, tivemos que esperar para levá-la de volta e, assim que a deixamos, um cavalheiro de rosto vermelho, com um punhado de documentos, chegou correndo esbaforido e, antes que Jerry pudesse descer, ele já abria a porta, entrava e gritava:

— Delegacia de polícia da Bow Street, rápido!

Nós o levamos para lá, e, quando voltamos, depois de mais uma ou duas voltas, não havia outras carruagens no ponto. Jerry me deu a cevadeira, pois, como disse:

— Num dia desses, precisamos comer quando pudermos. Mastigue bem, Jack, e aproveite seu tempo ao máximo, companheiro.

Descobri que tinha uma boa porção de aveia triturada umedecida com um pouco de mingau; seria uma delícia em qualquer dia, mas nessa ocasião foi muito revigorante. Jerry era tão atencioso e gentil! Que cavalo não se esforçaria ao máximo por um mestre assim? Depois, ele pegou uma das tortas de carne de Polly e, parado ao meu lado, começou a comê-la. As ruas estavam apinhadas, e as carruagens de aluguel, estampadas com as cores dos candidatos, corriam por entre a multidão como se a vida, os braços e as pernas das pessoas não tivessem importância; vimos duas serem derrubadas, e uma delas era uma mulher. Os cavalos estavam em apuros, coitados! Mas os eleitores dentro das carruagens não davam a menor importância para isso; muitos estavam meio embriagados e gritavam vivas pelas janelas da própria carruagem ao ver alguém do seu partido passar. Foi a primeira eleição que vi e não quero estar em nenhuma outra, embora tenha ouvido dizer que agora as coisas melhoraram.

Jerry e eu ainda não tínhamos comido muito quando uma pobre moça, carregando uma criança pesada, chegou pela rua. Ela olhava de um lado para o outro, parecendo bem desnorteada. Aproximou-se, então, de Jerry e perguntou se ele poderia informar-lhe o caminho até o Hospital St. Thomas e a que distância ficava. Contou que tinha chegado do interior naquela manhã numa carroça de produtos agrícolas, não sabia nada sobre a eleição e não conhecia Londres, mas o médico havia recomendado que levasse o filho para aquele hospital. A criança chorava um choro fraco e esgotado.

— Pobrezinho! — disse ela. — Sente muita dor, tem quatro anos e não consegue andar mais do que um bebê, mas o médico disse que, se eu conseguir levá-lo ao hospital, ele pode melhorar. Por gentileza, senhor, a que distância fica? E para que lado?

— Bom, a senhora não vai conseguir chegar lá andando no meio dessa multidão! — disse Jerry. — Fica a cinco quilômetros de distância e o menino é pesado.

— Sim, que Deus o abençoe, é pesado, mas eu sou forte, graças a Deus, e se souber o caminho, encontrarei um jeito de chegar. Por favor, explique onde fica.

— Não vai conseguir. Podem derrubar a senhora e atropelar a criança. Ouça, entre na carruagem e vou levá-la para o hospital em segurança. Não vê que já vai chover?

— Não, senhor. Obrigada, mas não posso fazer isso, pois só tenho dinheiro para voltar. Por favor, explique o caminho.

— Ouça bem, senhora: tenho mulher e filhos queridos em casa e conheço os sentimentos de um pai. Agora, entre na carruagem e vou levá-la sem custo. Teria vergonha de mim mesmo se deixasse uma mulher e uma criança doente correrem tamanho risco.

— Que Deus o abençoe! — disse a mulher, e se desfez em lágrimas.

— Calma, calma, anime-se, cara senhora, já vamos para lá; venha, deixe-me ajudá-la a entrar.

Quando Jerry ia abrir a porta, dois homens com cores no chapéu e na lapela chegaram, gritando:

— Carruagem!

— Ocupada! — gritou Jerry, mas um dos homens, passando à frente da mulher, correu para dentro da carruagem, seguido do outro. Jerry ficou tão austero quanto um policial. — Senhores, a carruagem já está ocupada por essa dama.

— Dama? — disse um deles. — Ah! Ela pode esperar; nosso assunto é muito importante e, além disso, entramos primeiro, é nosso direito e é aqui que vamos ficar.

Um sorriso zombeteiro se abriu no rosto de Jerry quando ele fechou a porta da carruagem.

— Muito bem. Por favor, fiquem pelo tempo que quiserem. Posso esperar enquanto os senhores descansam. — E, dando as costas para eles, aproximou-se da jovem, que estava perto de mim. — Logo eles vão embora — disse ele, rindo. — Não se preocupe, cara senhora.

E logo se foram mesmo, pois, quando entenderam o artifício de Jerry, saíram, xingando-o de todos os nomes possíveis, vociferando a respeito do número de sua licença e de uma intimação. Depois dessa pequena interrupção, logo estávamos a caminho do hospital, escolhendo as ruas menos movimentadas. Jerry tocou o grande sino e ajudou a moça a descer.

— Muito obrigada, mil vezes obrigada — disse ela. — Eu nunca teria conseguido chegar aqui sozinha.

— Não há de quê. Faço votos para que o menininho melhore logo.

Ele a viu entrar pela porta e sussurrou de si para si:

— "Em verdade vos digo que, quando o fizestes a um destes meus pequeninos irmãos, a mim o fizestes."[7] — Então, afagou meu pescoço, como sempre fazia quando algo o alegrava.

Agora, a chuva caía forte e, quando estávamos saindo do hospital, a porta se abriu mais uma vez e o porteiro gritou:

— Carruagem!

Paramos e uma dama desceu os degraus da frente. Jerry pareceu reconhecê-la no mesmo instante; ela ergueu o véu do rosto e disse:

— Barker! Jeremiah Barker, é você? Que felicidade encontrá-lo aqui; é exatamente o amigo que eu quero, pois hoje está muito difícil conseguir uma carruagem nesta parte de Londres.

— Terei orgulho em servir a senhora; também estou feliz por estar aqui. Onde posso levá-la?

— Para a estação Paddington, e depois, se chegarmos cedo, como creio que chegaremos, conte-me tudo sobre Mary e as crianças.

Chegamos à estação adiantados e, abrigada, a dama passou um bom tempo conversando com Jerry. Descobri que ela havia sido patroa de Polly, e, depois de fazer muitas perguntas sobre ela, disse:

---

7 Mateus 25:40. [N. T.]

— Como acha que será trabalhar com a carruagem no inverno? Sei que Polly ficou um tanto apreensiva por você no ano passado.

— Ficou, sim, senhora. Tive uma tosse forte que me acompanhou até o tempo esquentar e, quando trabalho até tarde, ela se preocupa muitíssimo. Sabe, é um trabalho para todas as horas e todos os climas, e isso põe a saúde de um homem à prova, mas estou me saindo muito bem e ficaria perdido se não tivesse os cavalos para cuidar. Cresci fazendo isso e creio que não me sairia tão bem em nenhuma outra profissão.

— Bom, Barker, seria uma lástima que você arriscasse seriamente a sua saúde nesse trabalho, não apenas por você, mas por Polly e pelas crianças — disse ela. — Há muitos lugares que precisam de bons cocheiros ou cavalariços; se um dia você achar que deve desistir da carruagem de aluguel, avise-me. — Depois, mandando lembranças para Polly, ela deixou uma coisa nas mãos dele, dizendo: — Aqui estão cinco xelins para cada uma das duas crianças; Polly saberá como gastá-los.

Jerry agradeceu, parecendo muito satisfeito, e saímos da estação. Quando finalmente chegamos em casa, eu, pelo menos, estava cansado.

44

O velho Capitão e seu sucessor

Capitão e eu éramos grandes amigos. Ele era um camarada nobre e excelente companhia, e nunca pensei que teria que sair de casa e ir desta para melhor, mas sua hora chegou, e eis como aconteceu. Eu não estava lá, mas soube de tudo depois.

Ele e Jerry haviam levado um grupo à grande estação ferroviária perto da ponte de Londres e estavam voltando, em algum ponto entre a ponte e o monumento, quando Jerry viu uma carroça de cervejeiro vazia se aproximar, puxada por dois cavalos potentes. O carroceiro açoitava os cavalos com um chicote pesado; a carroça estava leve e eles dispararam num galope furioso; o homem não tinha controle sobre eles e a rua estava tomada pelo tráfego.

Uma moça foi derrubada e atropelada, e, no momento seguinte, eles colidiram contra nossa carruagem. As duas rodas foram arrancadas e a carruagem foi jogada para o lado, arrastando Capitão. Os varais se estilhaçaram e um deles se cravou no flanco dele. Jerry também foi arremessado, mas apenas arranhou-se. Ninguém entendeu como escapou; ele sempre diria que foi por milagre. Quando conseguiram levantar o pobre Capitão, viram que estava muito ferido e surrado. Jerry o levou para casa com imenso cuidado, e que triste visão foi a do sangue manchando sua pelagem branca e escorrendo do ombro e do corpo. O carroceiro estava extremamente bêbado e foi multado, e o cervejeiro teve que pagar a nosso mestre pelos prejuízos, mas não havia ninguém que pagasse por eles ao pobre Capitão.

O veterinário e Jerry fizeram o melhor possível para aliviar a dor de Capitão e dar-lhe conforto. A carruagem precisava de conserto e, por isso, passei vários dias sem sair de casa e Jerry não ganhou nada. Na primeira vez em que fomos ao ponto depois do acidente, o gerente veio perguntar como estava Capitão.

— Ele nunca vai sarar completamente, pelo menos, não para trabalhar comigo — contou Jerry. — Foi o que o veterinário disse hoje de manhã, e que ele pode servir para puxar carroças e afins. Isso me deixou muito aborrecido. Carroças, pois sim! Sei muito bem o que acontece com os cavalos que fazem esse tipo de trabalho em Londres. Quem me dera todos os beberrões pudessem ser levados para o hospício em vez de ficar à solta para colidir contra gente sóbria. Se eles quebrassem os próprios ossos, destruíssem as próprias carroças e incapacitassem os próprios cavalos, seria problema deles, e poderíamos deixá-los em paz, mas me parece que os inocentes sempre sofrem. E ainda se fala em reparação! A reparação é impossível; são tantos os transtornos, os desgostos e a perda de tempo, além da perda de um bom cavalo que é como se fosse um velho amigo... é absurdo falar de reparação! Se há um demônio que eu gostaria de ver atirado no inferno mais do que qualquer outro, é o demônio da bebida.

— Vou lhe dizer uma coisa, Jerry — disse o gerente. — Saiba que está pisando com força nos meus calos. Não sou tão bom quanto você, para minha vergonha; antes fosse.

— Bom, por que não abandona esse hábito, gerente? Você é um sujeito bom demais para ser escravo de tal coisa.

— Sou um grande imbecil, Jerry; uma vez, tentei passar dois dias sem beber e achei que fosse morrer. Como você conseguiu?

— Foram muitas semanas de esforço. Sabe, nunca cheguei a ficar bêbado, mas percebi que não era senhor de mim mesmo e que, quando o desejo de beber aparecia, era difícil dizer não. Entendi que um de nós teria que ceder, o demônio da bebida ou Jerry Barker, e decidi que não seria Jerry Barker, com a ajuda de Deus; mas foi uma luta, e eu queria todo o socorro possível, pois, até o dia em que tentei largar o hábito, não sabia o quanto ele era forte. Mas Polly fez tudo o que pôde para que eu comesse boa comida e, quando o desejo surgia, eu tomava uma xícara de café ou um pouco de água de hortelã-pimenta,[8] ou lia um trecho do meu livro, e isso me dava forças; às vezes, eu tinha que dizer várias vezes a mim mesmo: "Largue a bebida ou perderá sua alma! Desista da bebida ou partirá o coração de Polly!". Mas, graças a Deus e à minha querida esposa, estou livre desses grilhões e agora faz dez anos que não provo uma gota de álcool, nem tenho desejo de fazê-lo.

— Tenho muita vontade de tentar, pois é uma tristeza não ser senhor de si mesmo — disse Grant.

— Faça isso, gerente. Não vai se arrepender, e será um enorme incentivo para alguns dos pobres colegas do nosso ofício ver que você consegue ficar sem beber. Sei que há dois ou três que gostariam de ficar longe daquela taverna, se pudessem.

A princípio, Capitão pareceu ficar bem, mas era um cavalo muito velho, e apenas sua constituição esplêndida e os cuidados de Jerry haviam conseguido fazer com que puxasse a carruagem por tanto tempo; agora, ele havia desmoronado. O veterinário disse que poderia sarar o bastante para ser vendido por algumas

---

8 *Peppermint water* era uma bebida não alcoólica tomada nas ruas de Londres do século XIX. [N. T.]

libras, mas Jerry disse: não! Aceitar algumas libras e condenar um velho servo tão bom ao trabalho forçado e à desventura apodreceriam todo o dinheiro que obtivesse. Achava que a maior gentileza que poderia fazer pelo bom companheiro seria cravar uma bala na cabeça dele, para que nunca mais sofresse, pois não sabia onde encontrar um mestre bondoso com o qual pudesse passar o resto da vida.

Um dia depois dessa decisão, Harry me levou à forja para receber ferraduras novas; quando voltei, Capitão não estava mais lá. Eu e a família sentimos muito sua ausência.

Agora, Jerry precisava procurar outro cavalo, e logo um conhecido seu que era ajudante de cavalariço no estábulo de um aristocrata lhe falou de um. Era um cavalo jovem e valioso, mas tinha fugido, colidido contra uma carruagem, atirado seu mestre no chão e se cortado e maculado de tal forma que não era mais adequado para o estábulo de um cavalheiro. O cocheiro recebera ordem de procurar um comprador e vendê-lo da melhor forma possível.

— Sei lidar com um cavalo impetuoso se ele não for arisco nem estiver com a boca calejada — disse Jerry.

— Ele não é nem um pouco arisco — disse o homem. — Tem a boca muito sensível e creio que essa tenha sido a causa do acidente. Sabe, tínhamos acabado de tosar os pelos dele, o tempo estava ruim e ele não tinha se exercitado o bastante; quando enfim saiu, estava cheio de energia para gastar. Nosso administrador, isto é, o cocheiro o arreou da maneira mais firme e forte possível, com as gamarras inferior e superior, uma barbela bem afiada e as rédeas encaixadas na barra de baixo. Acredito que isso tenha enfurecido o cavalo, por ter a boca tenra e ser tão vigoroso.

— É bem possível; vou conhecê-lo — disse Jerry.

No dia seguinte, Brioso, pois esse era o nome dele, veio para casa. Era um belo cavalo marrom sem um único pelo branco no corpo, alto como Capitão, com uma cabeça muito bonita e apenas cinco anos de idade. Fiz-lhe uma saudação amigável de modo a criar camaradagem, mas não perguntei nada. Na primeira noite, ele ficou muito inquieto. Em vez de se deitar, puxava a corda do cabresto para lá e para cá e batia o tamborete contra a manjedoura, não me deixando dormir. Contudo, no dia seguinte, depois de trabalhar por cinco ou seis horas na carruagem, voltou tranquilo e sereno. Jerry o afagou e conversou muito com ele, e logo os dois se entenderam. Jerry disse que, com um bridão leve e muito trabalho, ele ficaria manso como um cordeiro, e há males que vêm para bem: se sua senhoria perdera o animal favorito que valia cem guinéus, o cocheiro havia ganhado um cavalo bom e vigoroso.

Para Brioso, ser um cavalo de carruagem de aluguel era uma grande queda de posição, e ele detestava ficar no ponto, mas, no fim da semana, confessou-me que passar o dia com a boca bem tratada e a cabeça livre compensava muito a situação, e, afinal, o trabalho não era tão degradante quanto ficar com a cabeça e a cauda atadas uma à outra por cima do selote. No fim, ele se adaptou bem e Jerry gostou muito dele.

45

O Ano-Novo de Jerry

Para algumas pessoas, o Natal e o Ano-Novo são datas de muita alegria, mas, para os cocheiros e seus cavalos, não são dias de festejo, embora possam ser de fartura. Há tantas festas, bailes e lugares de entretenimento abertos que o trabalho é árduo e com frequência vai até tarde. Às vezes, o cocheiro e o cavalo têm que esperar por horas debaixo de chuva ou geada, tremendo de frio, enquanto as pessoas se divertem dançando ao som da música. Fico pensando se em algum momento as belas damas pensam no cocheiro cansado esperando na boleia e no animal paciente ali, de pé, até que as pernas dele fiquem rijas de frio.

Agora eu ficava com a maior parte do trabalho à noite, pois estava acostumado a esperar parado, e Jerry também tinha mais medo de que Brioso pegasse um resfriado. Na semana do Natal, trabalhávamos muito e até tarde, e a tosse de Jerry estava forte, mas não importava a que horas chegássemos, Polly esperava por ele acordada e saía para recebê-lo carregando uma lanterna, com ar ansioso e apreensivo.

Na noite do Ano-Novo, tivemos que levar dois cavalheiros até uma casa numa das praças do West End. Nós os deixamos lá às nove horas, e eles pediram que voltássemos às onze.

— Contudo, como vamos jogar cartas, talvez o senhor precise esperar alguns minutos, mas não se atrase — disse um deles.

Quando o relógio bateu onze horas, já estávamos à porta, pois Jerry era sempre pontual. O relógio deu um quarto de hora, depois outro, e mais outro, e depois deu meia-noite, mas a porta não se abriu.

O vento estivera inconstante, com rajadas de chuva durante o dia, mas agora vinha forte, trazendo granizo, e parecia soprar por toda parte; fazia muito frio e não havia onde nos abrigar. Jerry desceu da boleia, se aproximou de mim e puxou uma das minhas mantas para cobrir meu pescoço um pouco mais; depois, deu uma ou duas voltas para lá e para cá, batendo os pés; em seguida, começou a bater nos braços, mas isso o fez tossir; por fim, abriu a porta da carruagem e sentou-se dentro dela, com os pés na calçada, de forma a abrigar-se um pouco. O relógio bateu mais um quarto de hora e ninguém veio. À meia-noite e meia, ele tocou a campainha e perguntou a um empregado se ainda precisariam dele naquela noite.

— Ah, sim, pode ter certeza de que vão precisar — respondeu o homem. — Não vá embora, logo vai acabar.

E mais uma vez Jerry sentou-se, mas sua voz estava tão rouca que eu mal conseguia ouvi-lo.

À uma e quinze, a porta se abriu e os dois cavalheiros saíram, entraram na carruagem sem dizer uma palavra e informaram a Jerry aonde ir; eram cerca de três quilômetros. Minhas pernas estavam dormentes de frio e achei que tropeçaria. Quando os homens saíram, não disseram lamentar por ter-nos feito esperar tanto tempo, mas zangaram-se com o preço; porém, assim como Jerry nunca cobrava mais do que lhe era devido, nunca aceitava menos, e tiveram que pagar pelas duas horas e um quarto de espera. Mas, para Jerry, era dinheiro ganho a muito custo.

Finalmente, chegamos em casa; ele mal conseguia falar e a tosse estava terrível. Polly não questionou a demora, apenas abriu a porta e segurou a lanterna para ele.

— Posso ajudar em alguma coisa? — perguntou.

— Pode. Traga alguma coisa quente para Jack e depois ferva um pouco de mingau para mim.

Ele disse isso num sussurro rouco; mal conseguia tomar fôlego, mas me limpou por completo, como sempre fazia, e até subiu no palheiro em busca de mais um feixe de palha para minha cama. Polly me trouxe um mingau quente que me reconfortou, e depois eles trancaram a porta.

No dia seguinte, já era tarde quando alguém enfim entrou no estábulo, e foi só Harry. Ele nos limpou e alimentou, varreu as baias e pôs a palha de volta como se fosse domingo. Estava muito quieto, não assobiava nem cantava. Ao meio-dia, voltou para nos dar comida e água; dessa vez Dolly foi com ele, e ela chorava. Pelo que disseram, entendi que Jerry estava extremamente doente e o médico dizia que o caso era grave.

Assim, passaram-se dois dias e houve grande aflição na casa. Só víamos Harry e, às vezes, Dolly. Acho que ela vinha à procura de companhia, pois Polly estava sempre com Jerry, e ele precisava dc sossego.

No terceiro dia, enquanto Harry estava no estábulo, ouvimos uma batida na porta e o gerente Grant entrou.

— Não vou entrar na casa, meu rapaz — disse ele —, mas quero saber como está seu pai.

— Está muito mal — respondeu Harry. — Não pode piorar; o nome é "bronquite" e o médico acha que esta noite devemos saber como vai ficar.

— Isso é ruim, bem ruim — disse Grant, balançando a cabeça. — Conheço dois homens que morreram de bronquite na semana passada; ela os derrubou num instante. Mas a esperança é a última que morre, então, não desanime.

— Sim, e o médico disse que meu pai tem mais chance de melhorar do que a maioria dos homens, porque ele não bebe. Ele disse que ontem a febre estava tão alta que, se meu pai tivesse bebido, teria se incinerado feito um pedaço de papel. Mas ele parece achar que meu pai vai sarar. O senhor também acha?

O gerente pareceu confuso.

— Meu rapaz, se houver uma regra pela qual os homens bons devem sarar dessas coisas, tenho certeza de que sim, porque ele é o melhor homem que conheço. Volto amanhã cedo.

Na manhã seguinte, ele reapareceu, perguntando:

— O que conta?

— Meu pai está melhor — respondeu Harry. — Minha mãe espera que sare.

— Graças a Deus! E agora vocês devem mantê-lo aquecido e deixá-lo sossegado, o que me leva aos cavalos. Você sabe que Jack ficará muito bem por uma ou duas semanas num estábulo aquecido, e é fácil levá-lo para dar uma volta na rua e esticar as pernas, mas o mais novo, se não puder trabalhar, logo vai ficar irrequieto, digamos assim; vai ser demais para você e, quando ele enfim sair, haverá um acidente.

— A situação já é essa — disse Harry. — Tenho dado menos cereal para ele, mas é tão impetuoso que não sei o que fazer.

— É assim mesmo. Escute: diga à sua mãe quc, se for conveniente para ela, virei buscar o cavalo todos os dias até que tudo se resolva, vou levá-lo para um bom turno de trabalho e trazer metade de tudo o que ele render para sua mãe. Isso ajudará a alimentar os cavalos. Sei que seu pai faz parte de um bom clube,[9] mas isso não vai sustentar os cavalos, e eles vão

---

[9] Trata-se, provavelmente, de um dos clubes de trabalhadores da Inglaterra vitoriana dedicados a socialização, negócios, recreação, educação e auxílio mútuo. [N. T.]

passar todo esse tempo nervosos. Volto ao meio-dia para saber a resposta dela. — E, sem esperar que Harry agradecesse, o gerente foi-se embora.

Ao meio-dia, acho que voltou para falar com Polly, pois ele e Harry vieram ao estábulo juntos, arrearam Brioso e o levaram.

Grant passou uma semana ou mais vindo buscar Brioso, e, quando Harry agradecia ou dizia qualquer coisa sobre sua bondade, ele ria, afirmando que a sorte era dele, pois seus cavalos estavam precisando de um descanso que, não fosse por esse arranjo, não teriam.

Jerry melhorava a cada dia, mas o médico disse que ele nunca mais deveria voltar a trabalhar como cocheiro de aluguel se quisesse viver até a velhice. As crianças conversavam muito entre si a respeito do que o pai e a mãe fariam e como poderiam ajudá-los a ganhar dinheiro.

Uma tarde, Brioso voltou muito molhado e sujo.

— As ruas estão pura lama — disse o gerente. — Limpar e secar o cavalo vai ajudar você a se aquecer, meu rapaz.

— Tudo bem — respondeu Harry. — Não vou parar até deixá-lo perfeito; como o senhor sabe, fui treinado por meu pai.

— Quem dera todos os rapazes tivessem sido treinados como você.

Enquanto Harry removia a lama do corpo e das pernas de Brioso com uma esponja, Dolly entrou, toda ansiedade.

— Quem é que mora em Fairstowe, Harry? A mamãe recebeu uma carta de lá, ficou muito feliz e correu a mostrá-la ao papai.

— Você não sabe? Ora, esse é o nome da propriedade da sra. Fowler, a antiga patroa da mamãe, sabe, a dama que o papai encontrou no verão passado e mandou cinco xelins para você e cinco para mim.

— Ah! A sra. Fowler. É claro, sei muito bem quem é. O que será que ela escreveu para a mamãe?

— A mamãe mandou uma carta para ela na semana passada — contou Harry. — Você sabe que ela disse que, se o papai desistisse de trabalhar como cocheiro de aluguel, deveria avisar. O que será que ela respondeu? Vá lá dentro ver, Dolly.

Harry esfregou Brioso, fazendo *huish! huish!* como se fosse um velho cavalariço. Dentro em pouco, Dolly voltou alegremente ao estábulo.

— Ah! Harry, é a melhor notícia do mundo: a sra. Fowler disse que todos vamos morar perto dela. Tem uma casa que ficou vazia e vai ser perfeita para nós, com jardim, galinheiro, macieiras e tudo! E o cocheiro dela vai embora na primavera, e ela quer que o papai fique no lugar dele, e a vizinhança é boa, e você pode arranjar emprego no jardim ou no estábulo, ou trabalhar como pajem, e tem uma escola boa para mim, e a mamãe está rindo, depois chorando, depois rindo de novo, e o papai está tão feliz!

— Que alegria rara! — disse Harry. — Preciso admitir que é perfeita. Vai ser bom para o pai e para a mãe, mas eu é que não quero ser um pajem de roupa apertada e cheia de botões. Vou ser cavalariço ou jardineiro.

Logo ficou decidido que, assim que Jerry estivesse bem, a família se mudaria para o campo, e a carruagem e os cavalos deveriam ser vendidos o quanto antes.

Que triste notícia para mim, pois já não era jovem e não poderia esperar nenhuma melhora em minha condição. Desde que saíra de Birtwick, nunca tinha sido tão feliz quanto era com meu querido mestre Jerry, mas três anos puxando a carruagem, mesmo nas melhores condições, exaurem as forças, e eu sentia que não era mais o mesmo cavalo de antes.

Grant logo avisou que ficaria com Brioso, e havia homens no ponto que queriam me comprar, mas Jerry disse que eu não voltaria a trabalhar com a carruagem de qualquer um e o gerente prometeu encontrar um lugar onde eu tivesse conforto.

Chegou o dia da despedida. Jerry ainda não tinha permissão para sair de casa e nunca mais o vi depois daquela véspera de Ano-Novo, mas Polly e as crianças vieram se despedir de mim.

— Pobre Jack! Querido Jack! Quem me dera pudéssemos levá-lo conosco — disse ela, e, pousando a mão na minha crina, aproximou o rosto do meu pescoço e me beijou. Dolly estava chorando e também me beijou. Harry me acarinhou muito, mas não disse nada, só pareceu muito triste; e, assim, fui levado ao meu novo lar.

PARTE 4

46

Jakes e a dama

Fui vendido para um padeiro e comerciante de cereais que Jerry conhecia e com quem achava que eu teria comida boa e trabalho justo. Quanto à primeira, tinha razão, e, se meu mestre sempre estivesse no local, acho que eu não teria trabalhado demais, mas havia um encarregado que vivia apressando e dando ordens a todos; quando eu já carregava um fardo pesado, ele me mandava levar mais alguma coisa. O carroceiro, que se chamava Jakes, dizia que eu não deveria carregar tanto peso, mas o outro sempre desconsiderava suas palavras.

— Não adianta fazer duas viagens quando uma já basta, e o chefe decidiu fazer o negócio crescer.

Jakes, como os outros carroceiros, sempre usava a gamarra, o que me impedia de puxar com facilidade. Depois de passar três ou quatro meses lá, percebi que o trabalho esgotava minhas forças.

Um dia, estava mais carregado do que o normal e parte da estrada era uma ladeira íngreme. Usei todas as minhas forças, mas não conseguia seguir em frente e era obrigado a parar o tempo todo. Isso não agradou o condutor, e ele estalou o chicote sem dó.

— Anda, seu preguiçoso, ou faço você andar.

Mais uma vez, tomei impulso e consegui puxar a carga pesada por alguns metros; de novo, o chicote estalou e me esforcei para continuar. A dor daquele grande chicote era aguda, mas meu coração estava tão ferido quanto meu pobre corpo. Ser castigado e maltratado quando eu estava fazendo o melhor que podia era tão difícil que tirou todo o meu ânimo. Ele estava me açoitando pela terceira vez quando uma dama se aproximou depressa e disse, com voz doce e determinada:

— Ah! Por favor, não açoite mais seu bom cavalo. Tenho certeza de que ele está se esforçando e a estrada é muito íngreme; ele faz o melhor que pode.

— Minha senhora, só sei que, se fazer o melhor que puder não servir para levar a carga adiante, ele vai ter que fazer melhor ainda — disse Jakes.

— Mas a carga não é pesada?

— É, sim, pesada demais. Mas a culpa não é minha; o encarregado chegou bem quando estávamos saindo e mandou pôr mais cento e cinquenta quilos para evitar incômodos, e preciso levar a carga adiante como puder.

Ele estava erguendo o chicote mais uma vez quando a dama disse:

— Por favor, pare; acho que posso ajudar o senhor, se me der licença.

O homem riu.

— Ouça, o senhor não dá ao cavalo condições justas — disse ela. — Ele não pode usar toda a força que tem com essa gamarra puxando a cabeça para trás. Se o senhor a tirasse, tenho certeza de que ele se sairia melhor... Experimente — pediu ela, persuasiva. — Eu ficaria muito feliz se fizesse isso.

— Ora, ora, qualquer coisa para agradar uma dama, é claro — disse Jakes, com uma risada breve. — Até onde a senhora quer que eu afrouxe a gamarra?

— Afrouxe-a completamente, deixe a cabeça livre.

A gamarra foi afrouxada e, num instante, baixei a cabeça até os joelhos. Que alívio! Então, joguei a cabeça para cima e para baixo várias vezes para me livrar da rigidez e da dor no pescoço.

— Pobrezinho! Era isso que você queria — disse a dama, afagando-me com a mão delicada. — Agora, se o senhor lhe falar com gentileza e o conduzir, creio que ele será capaz de fazer melhor.

Jakes tomou a rédea.

— Vamos, Pretinho.

Baixei a cabeça e joguei todo o peso do corpo contra a coalheira, sem poupar forças. A carga avançou e puxei-a com firmeza até o alto da ladeira, onde parei para tomar fôlego.

A dama havia caminhado pela calçada e agora atravessava a rua. Ela acariciou e afagou meu pescoço como ninguém fazia havia muito tempo.

— O senhor viu que ele demonstrou muita disposição quando teve a chance de fazê-lo. Tenho certeza de que é uma criatura de ótimo temperamento, e diria que já viveu dias melhores. O senhor não vai mais usar essa gamarra, não é? — Pois ele estava prestes a prendê-la na altura anterior.

— Bom, senhora, não posso negar que deixar a cabeça dele livre o ajudou a subir a ladeira e vou me lembrar disso da próxima vez, obrigado. Mas, se ele saísse sem a gamarra, os outros carroceiros fariam chacota de mim; sabe, é a moda.

— Não é melhor ser pioneiro de uma moda boa do que seguir uma moda ruim? Hoje em dia, muitos cavalheiros não usam a gamarra. Nossos cavalos de carruagem não as usam há quinze anos e ficam muito menos fatigados do que aqueles que as usam. Além disso — acrescentou ela com voz séria —, não temos o direito de molestar nenhuma das criaturas de Deus sem um bom motivo. Nós os chamamos de animais, e é o que são, pois não conseguem nos contar o que sentem, mas isso não significa que não sofram. Mas não vou detê-lo mais; agradeço por experimentar minha ideia com seu bom cavalo e tenho certeza de que assim terá um resultado muito melhor do que com o chicote. Bom dia. — E, com um tapinha leve em meu pescoço, ela atravessou a estrada com passos leves e nunca mais a vi.

— Eis aí uma dama de verdade, dou fé — disse Jakes de si para si. — Falou comigo com muita educação, como se eu fosse um cavalheiro. Vou experimentar a ideia dela quando subir uma ladeira.

Para ser justo, devo dizer que ele afrouxou a gamarra em vários buracos e, depois disso, sempre deixou minha cabeça livre ao subir uma rua, mas as cargas pesadas continuaram. A comida e o descanso de boa qualidade preservam as forças de quem trabalha o dia todo, mas nenhum cavalo aguenta a sobrecarga, e eu estava ficando tão esgotado por causa dela que compraram um cavalo mais novo para ocupar meu lugar.

Também posso contar o que sofri nessa época por causa de outra circunstância. Tinha ouvido outros cavalos falarem disso, mas nunca vivenciara este mal: vivia agora num estábulo mal iluminado, com uma única janelinha no final, e a consequência era que a escuridão nas baias era quase absoluta. Além do efeito deprimente que isso teve em meu ânimo, debilitou muito minha visão, e, quando era levado de repente da escuridão para a luz do dia, era muito doloroso para meus olhos. Eu tropeçava muitas vezes na soleira e mal conseguia enxergar aonde ia.

Creio que, se tivesse passado muito tempo lá, teria ficado parcialmente cego, e isso teria sido um grande infortúnio, pois ouvi os homens dizerem que um cavalo totalmente cego era mais seguro do que um com visão imperfeita, pois em geral este ficava muito assustadiço. Contudo, escapei sem nenhum dano permanente à vista e fui vendido para um grande proprietário de carruagens de aluguel.

47

Uma época difícil

Jamais esquecerei meu novo mestre: tinha os olhos negros e o nariz adunco, a boca cheia de dentes como a de um buldogue e a voz tão áspera quanto o ranger das rodas de uma carroça numa estrada de cascalho. Seu nome era Nicholas Skinner, e creio que fosse o homem para quem o pobre Sam Seboso havia trabalhado.

Já ouvi os homens dizerem que é preciso ver para crer, mas devo dizer que é preciso sentir para acreditar, pois, por mais que eu já tivesse visto, até então nunca havia conhecido a angústia absoluta da vida de um cavalo de carruagem.

Skinner tinha um conjunto ordinário de carruagens e de cocheiros. Ele era duro com os homens, e estes eram duros com os cavalos. Nesse lugar, não tínhamos descanso aos domingos, e estávamos no calor do verão.

Às vezes, numa manhã de domingo, um grupo de homens apressados alugava a carruagem pelo dia todo; quatro iam dentro e outro ia com o cocheiro, e eu tinha que levá-los para o campo, percorrendo até 25 quilômetros, e voltar; nenhum deles jamais descia da carruagem para subir um morro, por mais íngreme que fosse ou por mais quente que o dia estivesse — a menos, é claro, quando o cocheiro temia que eu não conseguisse subir. Às vezes eu ficava tão febril e exausto que mal conseguia tocar na comida. Como ansiava pelo gostoso mingau de farelo com salitre que Jerry costumava nos dar quando fazia calor nas noites de sábado, que nos refrescava e reconfortava; depois, tínhamos duas noites e um dia inteiro de descanso ininterrupto, e na segunda-feira de manhã estávamos revigorados como potros. Mas no novo lugar não havia descanso, e o condutor era tão duro quanto seu patrão. Tinha um chicote cruel com a ponta tão afiada que às vezes tirava sangue, e me açoitava até na barriga, e estalava o chicote em minha cabeça. Maldades e humilhações como essas minavam toda a minha coragem, mas ainda assim eu fazia o melhor que podia e nunca me recusava a trabalhar, pois, como dissera a pobre Gengibre, não adiantava; os homens são mais fortes.

Agora, minha vida era tão angustiante que, assim como Gengibre, gostaria de poder cair morto no trabalho e me libertar do sofrimento. Um dia, meu desejo esteve a ponto de se realizar.

Cheguei ao ponto de carruagens às oito da manhã e já havia trabalhado muito quando tivemos que levar passageiros até a estação ferroviária. Um trem longo estava para chegar, e o cocheiro parou atrás de algumas carruagens na área externa para ter a chance de pegar passageiros na volta. Era um trem muito pesado e, como todas as carruagens logo foram ocupadas, a nossa foi solicitada. Era um grupo de quatro pessoas: um homem barulhento e fanfarrão com uma dama, um menino e uma menina, e grande quantidade de bagagem. A dama e o menino entraram na carruagem e, enquanto o homem mandava carregar a bagagem, a menina se aproximou e olhou para mim.

— Papai — disse ela —, esse cavalo não consegue levar todos nós e a nossa bagagem até lá, coitado. Ele está muito fraco e cansado. Olhe só para ele.

— Ah! Ele está bem, senhorita — afirmou o cocheiro. — Ele é bem forte.

O carregador, que trazia algumas caixas pesadas, sugeriu ao cavalheiro que, como havia muita bagagem, poderia chamar uma segunda carruagem.

— Seu cavalo aguenta ou não? — perguntou o homem barulhento.

— Ah! Aguenta, sim, senhor. Traga as caixas, carregador, que ele aguenta até mais do que isso. — E ajudou a içar uma caixa tão pesada que senti as molas da carruagem arriarem.

— Papai, papai, chame mais uma carruagem — pediu a menina em tom de súplica. — Isso é errado, é muita maldade.

— Bobagem, Grace. Entre agora mesmo e não faça todo esse estardalhaço. Imagine que beleza seria se um homem de negócios tivesse que examinar o cavalo de cada carruagem antes de alugá-lo. É óbvio que esse homem conhece o próprio ofício. Então, entre e contenha-se!

Minha bondosa amiga teve que obedecer, e os homens içaram caixa após caixa, acomodando-as no alto da carruagem ou ao lado do cocheiro. Por fim, tudo ficou pronto e, com o golpe habitual da rédea e o estalo do chicote, ele me guiou para fora da estação.

A carga era muito pesada e eu não comia nem descansava desde a manhã desse dia, mas fiz o melhor que pude, como sempre, apesar da crueldade e da injustiça.

Eu me saí bem até chegarmos a Ludgate Hill, mas lá o peso da carga e minha própria exaustão me sobrepujaram. Eu lutava para seguir adiante, instigado pelos golpes constantes das rédeas e pelo chicote, mas de repente — não sei como — meus cascos escorregaram e desabei de lado no chão. A rapidez e a força com que caí pareceram tirar todo o meu fôlego e fiquei absolutamente imóvel; na verdade, não tinha forças para me mexer e achei que agora morreria. Ouvi uma espécie de rebuliço ao meu redor, vozes altas e zangadas e a bagagem sendo retirada, mas era como um sonho. Imaginei ter ouvido aquela voz doce e condoída dizer:

— Ah! Coitado do cavalo! É tudo culpa nossa.

Alguém veio afrouxar a correia que passava por baixo da minha garganta e soltar os tirantes que mantinham a coalheira tão apertada, e disse:

— Ele morreu, nunca mais vai se levantar.

Ouvi um policial dar ordens, mas nem sequer abri os olhos; só conseguia arquejar de quando em quando. Derramaram um pouco de água fria em minha cabeça e um medicamento em minha boca, e cobriram-me com alguma coisa. Não sei quanto tempo fiquei ali, mas percebi que a vida voltava, e um homem de voz gentil me afagava, incentivando-me a ficar de pé. Depois de receber um pouco mais do medicamento e após uma ou duas tentativas, levantei-me a custo e fui levado com delicadeza a um estábulo perto dali. Deixaram-me numa baia bem forrada de palha e trouxeram-me um mingau quente, que tomei agradecido.

À noite, estava recuperado o bastante para ser levado de volta ao estábulo de Skinner, onde creio que fizeram por mim o melhor que puderam. Na manhã seguinte, ele trouxe um veterinário para me ver. Este me examinou com atenção e disse:

— É mais um caso de excesso de trabalho do que de doença. Se o senhor puder deixá-lo de folga por seis meses, poderá voltar a trabalhar, mas agora não lhe resta um pingo de energia.

— Então, vai virar comida de cachorro — disse Skinner. — Não tenho campo onde cuidar de cavalos doentes, ele pode melhorar ou não, e esse tipo de coisa não serve ao meu negócio; meu plano é fazê-los trabalhar enquanto puderem e depois vendê-los pelo preço que conseguir, no matadouro ou em outro lugar.

— Se ele tivesse alguma doença no pulmão, seria melhor mandar matá-lo de uma vez, mas não tem — disse o veterinário. — Haverá uma feira de cavalos daqui a uns dez dias; se deixá-lo descansar e alimentá-lo, pode ser que se recupere, e, de qualquer jeito, o senhor pode ganhar mais do que vale a pele dele.

Acatando o conselho, Skinner, creio que com certa relutância, mandou que eu fosse bem alimentado e tratado, e o cavalariço, para minha sorte, obedeceu à ordem com muito mais boa vontade do que o patrão tivera ao dá-la. Dez dias de descanso absoluto, boa aveia em profusão, feno e mingau de farelo misturado com linhaça fervida melhoraram minhas condições mais do que qualquer outra coisa poderia ter feito. Aquele mingau com linhaça estava delicioso, e comecei a pensar, apesar de tudo, que seria melhor viver do que virar comida de cachorro. No décimo segundo dia depois do acidente, fui levado à feira, a alguns quilômetros de Londres. Achei que qualquer lugar seria melhor do que aquele onde estava, então, ergui a cabeça e tive esperança.

48

O fazendeiro Thoroughgood e seu neto Willie

Nessa feira, é claro, vi-me na companhia de cavalos abatidos e extenuados — alguns mancando, outros com enfisema, alguns velhos e outros para os quais com certeza um tiro teria sido um ato de misericórdia.

Muitos dos compradores e vendedores também não estavam em condições melhores que a dos pobres animais que negociavam. Havia homens velhos e pobres tentando conseguir um cavalo ou pônei por poucas libras para carregar uma porção de lenha ou puxar uma carroça de carvão, e homens pobres tentando vender um animal esgotado por duas ou três libras para não perder tudo matando-os. A pobreza e os dissabores pareciam ter endurecido alguns deles por completo, mas havia outros que eu teria ficado feliz em servir com o que restava das minhas forças: pobres e maltrapilhos, mas gentis e humanos, com vozes em que eu conseguia confiar.

Havia um velho titubeante que simpatizou muito comigo e eu com ele, mas eu não era forte o bastante — foi um dia de ansiedade! Vindo da melhor parte da feira, avistei um homem que parecia um fazendeiro respeitável com um menino ao seu lado; tinha costas largas e ombros arredondados, rosto amigável e corado, e usava um chapéu de aba larga. Quando se aproximou de mim e de meus companheiros, deteve-se e lançou-nos um olhar compadecido. Seus olhos pousaram em mim; minha crina e minha cauda ainda eram bonitas, o que favorecia minha aparência. Agucei os ouvidos e olhei para ele.

— Eis aqui um cavalo que já viveu dias melhores, Willie — disse o homem ao menino.

— Pobrezinho! Vovô, acha que ele já foi um cavalo de carruagem?

— Ah, sim, meu garoto! — disse o fazendeiro, aproximando-se mais. — Ele pode ter sido qualquer coisa quando era jovem. Olhe as narinas e as orelhas, o formato do pescoço e dos ombros; este cavalo é de boa estirpe. — Estendeu a mão e me afagou o pescoço. Empinei o nariz em resposta à sua gentileza e o menino acariciou meu rosto.

— Coitado! Veja como ele entende o que é gentileza, vovô. O senhor não pode comprá-lo e fazê-lo ficar jovem outra vez, como fez com Joaninha?

— Meu menino, não posso fazer todos os cavalos velhos voltarem a ser jovens. Além disso, Joaninha não era tão velha, só estava exausta e maltratada.

— Bom, vovô, acho que este aqui também não é velho; olhe a crina e a cauda. Se o senhor olhasse a boca dele, aposto que perceberia. Mesmo estando assim tão magro, ele não tem olhos fundos como os de alguns cavalos velhos.

O velho cavalheiro riu.

— Bendito menino! Gosta tanto de cavalos quanto o avô dele.

— Mas olhe a boca dele, vovô, e pergunte o preço; aposto que ele ficaria jovem nos nossos campos.

O homem que me trouxera à feira se pronunciou:

— O jovem cavalheiro é muito sábio, senhor. A questão é que este cavalo aqui não é velho, só está cansado por excesso de trabalho puxando uma carruagem de aluguel, e ouvi o veterinário dizer que basta uma folga de seis meses para ele ficar novo em folha, porque não tem problema no pulmão. Cuidei dele nos últimos dez dias e nunca vi animal mais agradecido e manso. Vale a pena um cavalheiro gastar uma nota de cinco libras e dar uma chance para ele. Dou minha palavra de que na primavera ele vai valer vinte libras.

O velho cavalheiro riu e o menino ergueu o rosto, ansioso.

— Ah, vovô, o senhor não disse que vendeu o potro por cinco libras a mais do que esperava? Comprar este cavalo não vai deixar o senhor mais pobre.

Devagar, o fazendeiro apalpou minhas pernas, que estavam muito inchadas e tensas; depois, olhou minha boca.

— Eu diria que tem treze ou catorze anos. Faça-o trotar, sim?

Arqueei meu pobre e magro pescoço, ergui um pouco a cauda e lancei as patas adiante como pude, pois estavam muito rígidas.

— Qual é o valor mais baixo que aceita por ele? — perguntou o fazendeiro quando voltei.

— Cinco libras, senhor. Foi o preço mais baixo que meu patrão pediu.

— É um risco — disse o velho cavalheiro, balançando a cabeça enquanto pegava a bolsa devagar. — Um risco e tanto! Tem mais negócios a fazer aqui? — perguntou, contando os soberanos na mão.

— Não, posso levar o cavalo para a hospedaria, se o senhor quiser.

— Leve, sim. Estou indo para lá.

Eles seguiram adiante e fui conduzido atrás. O menino mal conseguia controlar sua alegria, e o velho cavalheiro pareceu feliz por vê-lo assim. Na hospedaria, fui bem alimentado e um empregado do meu novo mestre me cavalgou com delicadeza até a casa, deixando-me num grande prado com um abrigo num dos cantos.

O sr. Thoroughgood, pois era esse o nome do meu benfeitor, mandou que me dessem feno e aveia de manhã e à noite, e que durante o dia me deixassem livre no prado.

— E você, Willie, será o supervisor — disse ele. — O cavalo ficará aos seus cuidados.

O menino ficou orgulhoso da incumbência e a assumiu com grande seriedade. Não houve um dia em que ele não me visitasse; às vezes, escolhia-me entre os outros cavalos e dava-me uma cenoura ou outra coisa gostosa, ou fazia-me companhia enquanto eu comia aveia. Sempre oferecia palavras amáveis e afagos, e é claro que me afeiçoei muito a ele. Ele me chamou de Camarada, porque eu ia até ele no campo e o seguia por toda parte. Às vezes ele trazia o avô, que sempre examinava com atenção as minhas pernas.

— Eis o problema, Willie — dizia ele. — Mas ele está melhorando tanto que creio que, na primavera, estará revigorado.

O descanso total, a comida boa, o capim macio e os exercícios brandos logo começaram a fortalecer meu estado e meu ânimo. Eu herdara a boa constituição da minha mãe e nunca fui forçado a trabalhar demais quando jovem; assim, tive mais condições do que muitos cavalos que trabalharam em excesso antes da idade adulta. No inverno, minhas pernas melhoraram tanto que voltei mesmo a me sentir jovem. A primavera chegou e, num dia de março, o sr. Thoroughgood decidiu ver como eu me saía com o faetonte. Fiquei contente, e ele e Willie me conduziram por alguns quilômetros. Minhas pernas não estavam mais rígidas e trabalhei com enorme facilidade.

— Ele está rejuvenescendo, Willie. Agora, devemos dar a ele um trabalho leve e em meados do verão estará tão bom quanto Joaninha. A boca dele é linda e a andadura é boa; melhor, impossível.

— Ah, vovô, que bom que você comprou o Camarada!

— Também acho, meu garoto, mas ele deve agradecer mais a você do que a mim. Agora, devemos procurar um lugar tranquilo e digno para ele, onde será valorizado.

49

Meu último lar

Um dia, nesse mesmo verão, o cavalariço me limpou e arrumou com um cuidado tão extraordinário que imaginei que alguma nova mudança me esperava: aparou os pelos das minhas patas, escovou meus cascos com alcatrão e até mesmo penteou meu topete. Acho que o arreio ganhou polimento a mais. Ao entrar no cabriolé com o avô, Willie parecia meio ansioso, meio feliz.

— Se as damas simpatizarem com Camarada, será perfeito para elas e para ele — disse o velho cavalheiro. — Só nos resta tentar.

A dois ou três quilômetros da vila, chegamos a uma casa bonita e baixa, com gramado e arbustos na frente e um caminho de cascalho levando até a porta. Willie tocou a campainha e perguntou se as srtas. Blomefield ou Ellen estavam em casa. Estavam, sim. Então, enquanto Willie ficava comigo, o sr. Thoroughgood entrou na casa, voltando em cerca de dez minutos, acompanhado de três damas. Uma era alta e pálida, envolta num xale branco, e se apoiava numa dama mais jovem, de olhos escuros e expressão alegre; a outra, uma pessoa de aparência muito imponente, era a srta. Blomefield. Todas se aproximaram, olharam para mim e fizeram perguntas. A mais jovem — era a srta. Ellen — simpatizou muito comigo, dizendo ter certeza de que gostaria de mim e que eu tinha um rosto lindo. A dama alta e pálida disse que sempre ficaria nervosa atrás de um cavalo que já havia caído, porque eu poderia cair mais uma vez e, se isso acontecesse, ela nunca superaria o medo.

— Vejam, senhoras — disse o sr. Thoroughgood —, muitos cavalos de primeira categoria já quebraram os joelhos, não por culpa deles, mas em razão do descuido dos condutores, e, pelo que vejo neste cavalo, diria que é o caso dele. Mas é claro que não quero influenciá-las; se quiserem, podem ficar com ele para testá-lo, e seu cocheiro dirá o que acha dele.

— O senhor sempre nos deu conselhos tão bons a respeito dos nossos cavalos que sua recomendação é de grande importância para mim — respondeu a dama imponente. — Se minha irmã Lavinia não fizer objeções, aceitaremos sua oferta do teste, com nossos agradecimentos.

Concordaram que eu iria para lá no dia seguinte.

De manhã, um rapaz de aparência inteligente veio me buscar. No começo, pareceu satisfeito, mas, quando viu meus joelhos, disse com a voz decepcionada:

— Não imaginei que o senhor recomendaria às minhas patroas um cavalo marcado como este.

— Quem vê cara não vê coração — disse meu mestre. — Você vai levá-lo apenas para um teste e sei que será justo com ele, rapaz. Se ele não for tão seguro quanto qualquer cavalo que você já conduziu, traga-o de volta.

O jovem me levou para meu novo lar, acomodou-me num estábulo confortável, alimentou-me e me deixou só. No dia seguinte, quando estava limpando meu rosto, ele disse:

— Essa estrela é idêntica à de Beleza Negra. Além disso, ele tinha quase a mesma altura. Onde estará agora?

Pouco depois, chegou ao ponto em meu pescoço onde eu havia sangrado, restando uma pequena cicatriz na pele. Quase recuou de susto e começou a me examinar minuciosamente, falando de si para si:

— Estrela branca na testa, pé direito branco, esta cicatriz bem no lugar... — E olhou para o meio das minhas costas. — E juro que tem o mesmo tufinho de pelo branco que John chamava de "três centavos de Beleza". Só pode ser Beleza Negra! Ora, Beleza! Beleza! Você me reconhece? O menino Joe Green, que quase o matou? — E começou a me afagar sem parar, como se não coubesse em si de felicidade.

Eu não poderia dizer que me lembrava dele, pois agora era um jovem crescido e bem-apessoado, com costeletas pretas e voz de homem, mas tinha certeza de que ele me conhecia e que era Joe Green, e fiquei muito feliz. Encostei o focinho nele e tentei dizer que éramos amigos. Nunca vi um homem tão feliz.

— Fazer um teste justo! Pois sim! Quem terá sido o patife que lhe quebrou os joelhos, meu velho Beleza? Você deve ter sido maltratado em algum lugar; ora, ora, se não for bem tratado agora, não será por minha conta. Quem me dera John Manly estivesse aqui para ver você.

À tarde, fui atrelado a um cabriolé baixo e levado até a porta. A srta. Ellen ia me testar e Green a acompanhou. Logo percebi que ela era uma boa condutora e parecia satisfeita com minha andadura. Ouvi Joe contar-lhe sobre mim, dizendo ter certeza de que eu era o velho Beleza Negra do fazendeiro Gordon.

Quando voltamos, as outras irmãs vieram perguntar como eu havia me comportado. Ela contou o que acabara de ouvir e acrescentou:

— Sem dúvida mandarei uma carta à sra. Gordon para contar que seu cavalo favorito chegou até nós. Ela há de ficar feliz!

Depois disso, conduziram-me todos os dias por mais ou menos uma semana, e, como eu parecia bem seguro, a srta. Lavinia finalmente se arriscou a passear na pequena carruagem fechada. Depois disso, decidiram ficar comigo e me chamar pelo meu antigo nome, Beleza Negra.

Agora, faz um ano que vivo neste lugar feliz. Joe é o melhor e mais amável dos cavalariços, meu trabalho é fácil e agradável, e sinto minhas forças e meu ânimo voltarem. Outro dia, o sr. Thoroughgood disse a Joe:

— Com vocês, ele vai viver até os vinte anos... talvez mais.

Sempre que pode, Willie vem falar comigo e me trata como seu grande amigo. Minhas mestras prometeram que nunca serei vendido; portanto, não tenho nada a temer, e é aqui que minha história chega ao fim. Minhas aflições se acabaram, estou em casa e, com frequência, antes de acordar completamente, imagino estar ainda no pomar de Birtwick, com meus velhos amigos, à sombra das macieiras.

AGRADECIMENTOS

Vozes finalmente ouvidas

Em um mundo no qual mesmo quem é capaz de falar não é ouvido, o que acontece com os animais? O lucro, o cansaço corrompido em crueldade e uma violência natural de alguns humanos transformaram este planeta tão afortunado em um inferno para grande parte de seus habitantes.

Publicar este livro é oferecer um pequeno espaço para quem nunca conseguiu descrever em palavras todo o seu sofrimento. Anna Sewell foi uma autora corajosa ao retratar a vida de um cavalo inocente que suportou a tirania e egoísmo humanos por tanto tempo. Mais de cem anos após a primeira publicação de *Beleza Negra*, ainda não podemos dizer que os animais desfrutam dos seus direitos fundamentais, mas esperamos que, junto com cada um dos apoiadores desta campanha de financiamento coletivo, possamos dar mais um passo na compreensão de suas dores.

Muito obrigada por participar, e esperamos que nossas lágrimas se transformem em forças para lutar por todos os seres que precisem de nossa atenção.

EQUIPE WISH

Beleza Negra

APOIADORES

A-D

Aciclea Annucari Garcia Vieira, Adalton Borges, Adelia Mattos, Adriana de Godoy, Adriana Ferreira Marques, Adriana Lopes dos Santos, Adriana Satie Ueda, Adriana Souza, Adriana Vicente Cardozo da Silva, Adriane Cristini de Paula Araújo, Adriane Ribeiro Lima, Adriano Diniz Henriques, Adriele da Silva de Medeiros, Adrieli Fernanda Ribeiro, Agatha Roesler Zago, Ailton Santos, Alan Alexandre Vieira Freire, Alana Cristina Fecury Mendonça, Alba Regina Andrade Mendes, Alberto Lima, Alê Arruda, Alessandra Aparecida Rozzino, Alessandra Arruda, Alessandra de Moraes Herr, Alessandra Gonçales Prevital de Siqueira, Alessandra Leire Silva, Alessandra Nahra Leal, Alessandra Nunes da Costa, Alessandra Simoes, Alex André (Xandy Xandy), Alexandre Oliveira, Alexandre Rittes Medeiros, Alexandre Roberto Alves, Alexia Angélica Borges Américo, Alexia Bittencourt Ávila, Aléxia Carvalho, Alice Antunes Fonseca, Alice Araujo Marques de Sá, Aline Bosco, Aline da Silva, Aline Ferreira do Carmo, Aline Ferrer de Oliveira, Aline Martins Rosin, Aline Salignac Machado Gama, Aline Scotti Medeiros, Álisson, Allan Fenelon, Alline Rodrigues de Souza, Allyson Kovacs, Amanda Akimoto, Amanda Aparecida Krysa, Amanda Coelho Figliolia, Amanda Diva de Freitas, Amanda Lidiane dos Santos Johner, Amanda Miers Hobold, Amanda Pampaloni Pizzi, Amanda Seneme, Amanda Vieira Rodrigues, Américo Sanches Neto, Ana Carolina Andrade, Ana Carolina da Silva Mota, Ana Carolina Machado Amoni Girundi, Ana Carolina Silva Chuery, Ana Carolina Wagner Gouveia de Barros, Ana Caroline Oliveira, Ana Clara Hostalácio Maforte, Ana Cláudia Dias Rufino, Ana Claudia Tavares Miranda, Ana Cristina Alves de Paula, Ana Elisa Spereta, Ana Firmino, Ana Karolina Teixeira Fernandes, Ana Karoline Florindo Sansão, Ana Lethicia Barbosa, Ana Letícia Pires dos Santos, Ana Lilia A. de Moura, Ana Luiza Bezerra, Ana Luiza Lima, Ana Luiza Poche, Ana Luzia, Ana Maria Assed, Ana Maria Santana Vasconcelos, Ana Morena Pereira de Sena, Ana Paula Farias Waltrick, Ana Schilling, Anavaléria Thums, Andréa Cristina Martins de Almeida, Andrea Karla Lins Campos Ribeiro, Andrea Marques Gentili, Andrea Mattos, Andreia Pacheco, Andresa Façanha Oliveira,

Andressa Kruk, Andressa Ledesma, Andressa Oliveira, Andressa Zardo, Andriely Katrine Silva Monteiro, Angela Passos, Angelica Giovanella Botelho Pereira, Angelica Oliveira dos Santos, Angelica Vanci da Silva, Anielly Andrade de Souza, Anita Dias Abage, Anna Claudia Simioni Nantes de Abreu, Anna Guimarães Cariello Folly, Annamaria Lotti Mohallem, Anne Carolin da Silva Melo, Antonia Mendes, Antonio J C Aranha, Antonio José Reino de Lima, Antonio Ricardo Silva Pimentel, Ariadne Erica Mendes Moreira, Arielly Coutinho, Arlena Mariano Oliveira, Aryane Rabelo de Amorim, Aryanne Edith Araujo, Audrey Albuquerque Galoa, Bárbara de Almeida Santos, Bárbara de Jesus Miranda Rocha, Bárbara Firmino Dantas, Bárbara Goés de Souza, Bárbara J. Nogueira, Bárbara Martins Lopes, Bárbara Molinari R. Teixeira, Barbara Parente, Bárbara Planche, Barbara Rebelo Tebecherani, Barbara Siebra, Barbara Zaghi, Beatriz Alves Nascimento da Costa, Beatriz Calmon Ribeiro, Beatriz Ferreira Sanchez, Beatriz Leonor de Mello, Beatriz Mendes Silva, Beatriz Moreto Vilar, Beatriz Pereira dos Santos, Beatriz Scotti, Beliza Marzola, Berenice Thais Mello Ribeiro dos Santos, Bianca Bertolazzo, Bianca Fiats, Bianca Galli Markus, Bianca Machado Cardoso, Bianca Mendes da Silva, Bianca Oliveira, Bianca Pereira da Ponte, Bibi & Lili K. Woyakoski, Blume, Bruna A Christine, Bruna Alves Fernandes, Bruna Andressa Rezende Souza, Bruna Cabrini, Bruna Carvalho Guimarães, Bruna Christine, Bruna da Silva Bezerra, Bruna Fischer Duarte, Bruna Gonçalves de Melo, Bruna Grazieli Proencio, Bruna Marques Figueirôa, Bruna Tonella, Brunno Marcos de Conci Ramírez, Bruno de Oliveira, Bruno Halliwell, Bruno Hipólito, Bruno Rosa de Oliveira, Bruno Vitor Farias, Caio Henrique Toncovic Silva, Caio Matheus Jobim, Camila Aparecida Noronha Kawanishi, Camila Atan Morgado Dias, Camila Campos de Souza, Camila de Oliveira Freitas, Camila Fernandes, Camila Kahn, Camila Linhares Schulz, Camila Lopes Soares de Sá, Camila Luchiari, Camila Roethig, Camila Rolim da Silva, Camila Souza, Camila Tiemi Oikawa, Camila Toszek, Camila Villalba, Camila Zuza, Camilahermes, Camile Mocelin, Carla Bianca Ximenes Mendonça Paula, Carla Santos, Carolina de Camargo Barbosa, Carolina de Lima Fernandes, Carolina Magalhães, Carolina Parzzanini Mariano Silva, Carolina Quesado, Caroline Butturi Peluque, Caroline Cravo Silva, Caroline da Cruz Alias, Caroline Kathleen, Caroline Lanferini de Araujo, Caroline Piecha Motta, Cássia Lacerda Mantovani, Cássia Regina Vannucchi Vicentin Bernardinette, Catarina S. Wilhelms, Cecilia Morgado Corelli, Celine Fonseca C. Soeiro, Celso Luís Dornellas, Cesar K., Cesar Lopes Aguiar, Chelsea C. C. Archer Pinto, Christine Ribeiro Miranda, Christopher Torres Ribeiro, Ciaran Justel, Cibele Louise Pruner Frahm, Cinthia Erika Tanahara, Cintia A. de Aquino Daflon, Cirlleni Condados, Clara Kopschitz Praxedes Lusis, Clara Pantoja, Clarice Martins Ribeiro, Cláudia Fusco, Claudia Lemos Arantes, Claudia Mengardo, Claudio Augusto Martins de Almeida, Claudio Falcão dos Reis, Claudio Filho, Clever D'freitas, Cristiane Prates, Cristina de Fiori, Cristina Glória de Freitas Araujo, Cristina Varella Hernandez, Cristina Vitor de Lima,

Cristine Martin, Cybelle Saffa, Cynara Santos, Cynthia Augusto, Daia Vitoriano, Daiane Gallas, Daiany Martins Viana, Daiele Rosa, Dalila Souza, Daniel Machado dos Santos Maia, Daniela de Melo Aguiar, Daniela de Melo Aguiar, Daniela de Oliveira, Daniela Gravina Matielo, Daniele Cristina da Silva Napoli, Daniella Buarque Monteiro, Danielle Cristina Moreira, Danielle Monteiro da Silva, Danila Cristina Belchior, Danilo D. Oliveira, Danilo Erik de Araujo., Danyelle Gardiano, Darko Magalhães, Davi Bechara Polignano, Dea Chaves, Débora Cristina de Mesquita, Débora dos Santos Cotis, Débora Iara Lima Bodevan, Débora Maria Gomes Lopes da Silva, Débora Schistek, Debora Vieira da Silva Cortez, Déborah Araújo, Deborah Estevam, Deborah Ribeiro Baptista, Déborah Ribeiro Diniz, Deborah Xavier, Denise Ramos Soares, Denise Sena de Oliveira, Desirée Maria Fontineles Filgueira, Diego de Oliveira Martinez, Diego José Ribeiro, Dienefer Moreira Campos, Diogo Gomes, Domi Guimarães Thielemann, Douglas Nunes Brandão, Douglas Santos Rocha, Driele Andrade Breves, Drieli Avelino, Drika Lopes, Duane Santos, Dyovana Corcini Alves.

E-H

Edinei Chagas, Eduarda Bonatti, Eduarda de Lima Amado Machado, Eduarda Helloyze Reis, Eduarda Martinelli de Mello, Eduardo Fabro, Eduardo Maciel Ribeiro, Eduardo Menescal, Eduardo Zambianco, Elaine da C Pereira Lopes, Elaine Kaori Samejima, Eliane Barbosa Delcolle, Eliane Barros de Oliveira, Eliane Bernardes, Eliane de Oliveira Porto, Eliane Inglat, Eliane Mendes de Souza, Elis Mainardi, Elisa Maurici, Elisa Mingussi, Elise Amin, Elizandra dos Santos Carvalho, Ellen Cristine Guiraldello de Oliveira, Elora Mota, Elton da Silva Bicalho, Emanoela Guimarães de Castro, Emilena Bezerra Chaves, Emilly Andressa Lindh Alves dos Santos, Emmanuelle Pitanga, Eric Rocha, Érica Mendes Dantas Belmont, Érica Rodrigues da Costa, Érica Trujillo, Ericadg, Érika Ferraz, Erika Lafera, Érika Mentzingen Cardoso e Silva, Estephanie Gonçalves Brum, Ester da Silva Bastos, Esther Caroline Cerqueira, Evana Harket, Evans Cavill Hutcherson, Evelin Aparecida de Oliveira, Evelin Iensem, Evellyn de Souza Rosas, Evelyn Teixeira Silva, Fabiana Engler, Fabiana Martins Souza, Fabiana Roberta da Silva, Fabiana Tassi, Fábio Alves de Oliveira Silva, Fábio Duarte, Fabíola C A C Queiroz, Fabíola Lowenthal, Fabricia Ranzani, Fabrício Fernandes, Felipe Malandrin, Felipe Nunes Couto, Fernanda Barros Cravo, Fernanda da Conceição Felizardo, Fernanda Dias Borges, Fernanda Esteves Santos da Cruz, Fernanda Fraga, Fernanda Garcia, Fernanda Gomes de Souza, Fernanda Gonçalves, Fernanda Marília Carolina Araújo, Fernanda Moreira Leandro, Fernanda Penna, Fernanda Schütz, Fernanda Silva Damasceno, Fernanda Tavares da Silva, Fernando Bueno da Fonseca Neto, Fernando de Azevedo Alves Brito, Fernando Wesley Freitas, Filipe Motta, Flávia Melo, Flávia Silvestrin Jurado, Flora Goulart Coutinho, Gabriel, Gabriel Carballo Martinez, Gabriel Dias, Gabriel Guedes Souto, Gabriel Jurado de Oliveira, Gabriel Morgado Macedo, Gabriel Nelson Koller, Gabriel Nogueira de Morais,

Gabriel Oliveira Loiola Benigno, Gabriel Porto Coelho, Gabriel Reis de Meira, Gabriel Tavares Florentino, Gabriela Andrade e Brito de Souza Vidal, Gabriela Gnoatto Paiz, Gabriela Gonçalves, Gabriela Maia, Gabriela Neres de Oliveira e Silva, Gabriela Nicolete, Gabriela Tombolato, Gabriele Mozer Velasco, Gabriele Schons, Gabriella Didjurgeit, Gabrielle Ferreira Andrade, Gabrielle Viana Collatusso, Gabryela Nagazawa Hayashi, Germana Lúcia Batista de Almeida, Gilma Luciana Vieira da Silva, Giovana Lopes de Paula, Giovana Valenzi, Giovanna Beltrão, Giovanna Bordonal Gobesso, Giovanna Cestari Barbosa, Giovanna Chinellato, Giovanna Lusvarghi, Giovanna Medeiros Tavares de Oliveira, Giovanna Romiti, Gisele Zorzeto Viani, Giselle de Oliveira Araújo, Gisely Fernandes, Giulia Piquera, Giulia Rigon Ortega, Glauber Lopes Mariano, Gláucia da Silva Angelocci, Glaucia K. Aono, Glauco Henrique Santos Fernandes, Gleyce Albuquerque, Graciela Santos, Grasieli Oliveira, Graziela Costa, Graziela Medeiros Souza Portier, Graziella dos Santos Cardoso Fagundes, Greice Genuino Premoli, Guilherme Cardamoni, Gustavo Gomes Assunção, Gustavo Henrique Lobo Cordeiro, Gustavo Pires de Moraes, Helano Diógenes Pinheiro, Helena Paes de Souza Lima, Helil Neves, Hellen Cintra, Hellen Hayashida, Hellen Ribeiro Cardoso, Heloisa Angeli, Heloize Moura, Henrique Carvalho Fontes do Amaral, Henrique de Oliveira Cavalcante, Henrique Petry, Hevellyn Coutinho do Amaral, Hiago Carvalho Montenegro, Hitomy Andressa Koga, Honório Gomes.

I-L

Iara Cristina da Silva Lima, Ileana Dafne Pereira da Silva, Ingrid Cardoso Machado, Iracema Lauer, Irene Diniz, Isabela Agibert, Isabela Costa Rizo Dias, Isabela Dirk, Isabela Oliveira Vilela, Isabela Pessoa Graziano, Isabela Quilodrán, Isabella Bicudo de Souza, Isabella Cristina Barbosa de Sá Gonçalves, Isabella Czamanski, Isabella Jenifer Viana Soares, Isabella Porto de Oliveira, Isabelle Schmidt Duarte Matoso de Lima, Isabelle Schmidt Duarte Matoso de Lima, Isadora Alexandra Vottri Kaliski, Iury Dantas, Ivan G. Pinheiro, Ivone de Fatima Frajado Barbosa, Ivy Mosca de Araujo Maciel, Izabela Orzari, Izabella Jensen, Jackson Eduardo Mendes da Silva, Jacqueline Santana, Jadde Kuser Fegalo, Jade Moura Morais, Jader Viana Massena, Jady Cutulo, Jalmir Ribeiro, Jana Alves Dias, Janaína Alves, Janaína Lopes da Costa, Janaina Nazario, Janaina Rodrigues dos Santos Ferreira, Janete Ortolani, Janine Kuriu Anacleto, Janine Pacheco Souza, Janine Vieira Teixeira, Jaqueline Costa Ribeiro, Jaqueline de Fátima Domingos, Jaqueline Matsuoka, Jaqueline Rezende de Santana, Jaqueline Rufino, Jaqueline Soares Fernandes, Jean Marconi de Oliveira Carvalho, Jean Ricardo Freitas, Jeferson Carrilho Martins, Jenifer Taila Borchardt, Jennifer Mayara de Paiva Goberski, Jéssica Alves, Jéssica C. Ferreira Pereira, Jéssica Gubert, Jessica Luiz Perez, Jessica Merchiori Dalmolin, Jéssica Nayara da Silva Miranda, Jéssica Penha de Almeida, Jéssica Piffer, Jessica Queiroz, Jessica Ransan, Jéssica Rodrigues, Jessica Torres Dias, Jñana Gadea de Mello, João Amadeu N Vieira, João Carlos E. Souza,

João de Souza Neto, João Felipe da Costa, João Gabriel Pennacchi, João Lucas Boeira, João Neto Queiroz Sampaio, João Paulo Alves da Rocha, João Paulo Siqueira Rabelo, João Pedro Moretti, João Victor Oliveira da Silva, Joice Cardoso, Joice Mariana Mendes da Silva, Joiran Souza Barreto de Almeida, Jonas Juscelino Medeiros dos Santos, José Carlos S. Silva, José Mailson de Sousa Silva, José Paulo da Silva Rodrigues, Josevaldo Lima, Josimari Zaghetti Fabri, Joyce Roberta, Joylson de Jesus Pereira, Jozigleide Simplicia dos Santos, Jozy, Júlia Agnês de Souza Amorim, Júlia Artnak, Júlia Cruz Fialho Santos, Julia Fontoura Bellezo, Júlia M. P. A. Machado, Júlia R. Cunha, Júlia Rafaela de Oliveira, Júlia Raquel Pereira Lima, Julia Rodrigues Teixeira, Julia Rosa, Juliana Alaíde Oliveira, Juliana Almeida Nogueira da Gama, Juliana Bittencourt França, Juliana Cristhina Sousa, Juliana Daglio, Juliana Encarnacion Lima Bastoge, Juliana Faissola, Juliana Fernandes de Andrade, Juliana Gonçalves Pereira, Juliana Guerino, Juliana Jesus, Juliana Mazini Alves, Juliana Moura, Juliana Mourão Ravasi, Juliana Renata Infanti, Juliana Salmont Fossa, Juliana Soares Jurko, Juliana Thaís Zanollo, Juliano Lopes, Jullye Kethaly Martins, Julyane Silva Mendes Polycarpo, June Alves de Arruda, Jussara Oliveira da Costa, K. Azevedo C. Oliveira, Kamilla Monteiro, Karim Allani Fogiatto de Azevedo, Karina Cabral, Karina Cássia Rodrigues, Karina Frensel, Karina Natalino, Karine Lemes Büchner, Karine Quintas, Karla Betina Coletti, Karolina e Kamilla Pavão Cunha, Kássio Alexandre Paiva Rosa, Katia Leite Borges, Katia Seckler, Katiúscia Beatriz Sanchez Gianesini, Kattiani Burgarelli Caetano, Katy Miranda, Keli Daiane Weber, Kelly Correa da Silva, Kelly Cristina Miranda da Silva, Kenytra Manica Tarantino Velasco, Ketilin Alves Lima, Kherolim Cíntia, Lady Sybylla, Laís Carvalho Ferreira, Laís César Sacramento, Laís Faleiro Gomes, Laís Fernandes Rocha, Laís Mantovani, Lais Maria Gomes, Lais Pitta Guardia, Laís Ramos, Lais Samara da Silva, Laís Sperandei de Oliveira, Lara Daniely Prado, Lara Maria Arantes Marques Ferreira, Larissa, Larissa de Souza Rocha, Larissa Fagundes Lacerda, Larissa Hoffmann Sebold, Larissa Pontes Ribeiro, Larissa Rezende, Larissa Rocha Andrade, Laura Braga Sterenberg Rubim de Moraes Doria, Laura Caroline Ferreira Borba, Laura Gabriele Machado, Laura Treba da Fonseca, Léa Cintia Fechener Waksman, Leila Carvalho Lopes, Leiliane Santos, Leise Rodrigues, Leonor Benfica Wink, Leticia Bacellar Motta, Letícia Bresolin, Letícia Bueno Cardoso, Letícia Oliveira, Letícia Pacheco Figueiredo, Leticia Peron, Letícia Ribeiro Padoveze, Letícia Tavares Monteiro, Leticia Tinoco, Lia Marina Poleto, Lila Azevedo, Liliane Cristina Coelho, Lis Vilas Boas, Lisandra Freitas, Livia Arruda, Livia Bianchi, Lívia de Oliveira Passos, Lívia Nascimento de Alencar, Lívia Semeraro, Lívia Silva Prado, Loara D'ambrosi Farion, Lorena Beckman Britto, Lorena Jabour, Loueny Huebes, Luana Braga, Luana Brigo, Luana de Souza, Luana Feitosa de Oliveira, Luana Karem Negreiros dos Santos, Luana Moura Fé, Luana Muzy, Lucas Freitas de Figueiredo Andrade, Lucas Oliveira Marques da Rocha, Luciana, Luciana Araujo Fontes Cavalcanti, Luciana M. Y. Harada, Luciana Sandes Damasceno, Luciano Prado Aguiar, Lucienne Rose,

Lucile da Rosa Pereira, Lucilene Canilha Ribeiro, Ludmila Beatriz de Freitas Santos, Ludmila Corrêa Garcia, Luísa Bastos de Aquino, Luisa Bruno, Luísa de Souza Lopes, Luisa Helena Rossi Caldas, Luiz Felipe Benjamim Cordeiro de Oliveira, Luiz Fernando Cardoso, Luiz Gustavo Gonçalves Silva, Luiz Henrique Fideles de Oliveira, Luiz Nazario, Luiza Helena Gomes Laier, Luiza Pimentel de Freitas, Luíze França da Rocha, Lunox Store, Lygia Barbosa, Lygia Barbosa.

M-P

Magda Marques, Mahatma José Lins Duarte, Maicon Roberto Poli de Aguiar, Maize Daniela Resende, Mannuella Moura Walravencunha, Manoella Lago Kager, Manuela Furtado de Almeida, Marcela Gomes de Mendonça Nogueira, Marcela Paula S. Alves, Marcella Elisa Costa Franchi, Marcelle Abreu, Marcelle Marinho Costa de Assis Brasileira, Marcia Avila, Marcia Cristina dos Santos, Márcio Souza Serdeira, Marco Antonio da Costa, Marcos Batista Sanchez, Marcos Roberto Piaceski da Cruz, Mari And Barros, Maria Adelaide Camargo, Maria Alice Tavares, Maria Carinele Pereira de Oliveira, Maria Clara Cardoso, Maria Clara Silvério de Freitas, Maria Eduarda Blasius, Maria Eduarda de Carvalho Belló, Maria Eduarda Lopes Almeida, Maria Eduarda Miranda Rodrigues da Cunha, Maria Eduarda Ronzani Gütschow, Maria Eduarda Santos Luna, Maria Elizabeth Scari, Maria Isabel Soares, Maria Lúcia Bertolin, Maria Luiza Assumpção Pedretti, Maria Regina Chinellato, Maria Sena, Mariana Brandão, Mariana Cardoso, Mariana Fuerback, Mariana G. Lopes, Mariana Lopes Ferreira, Mariana Miranda Lessa, Mariana Ravaglio, Mariana Rebelo Tebecherani, Mariane Belegrino Vieira, Mariane Squisatti Brandão, Marianna Moragas Farage, Maria-Vitória Souza Alencar, Marina, Marina Belisqui, Marina Bertachini, Marina de Castro Firmo, Marina Fernandes, Marina Pereira, Marise Correia, Marisol Prol, Mariucha Vieira, Marjorie De Nardi Ramos, Marli Molina de Melo, Maryelle Santos Barbieri, Matheus Goulart, Mathiele Assmann, Mayara Azevedo, Mayara Neres, Mayara Silva Bezerra, Maylah Esteves, Mayra Cristina Oliveira, Melânia de Araújo Alves, Melissa Barth, Mell Ferraz, Mériten É. Altelino da Silva, Michel Moura Akamine Hansen, Michel Sabchuk, Michelle de Lima Kintopp, Michelle de Oliveira Pereira Paeslandin, Midiã Ellen White de Aquino, Milena Dourado Guimarães, Milena Ferreira Lopes, Milena Nones, Milena Schempp Consorti, Millena Nogueira Seabra da Silva, Miller Souza Oliveira, Mirela Sofiatti, Mirella G. S. Barbosa, Mirella Maria Pistilli, Mirna Porto dos Santos, Monique C. Pantoja, Monique de Paula Vieira, Monique D'orazio, Monique Lameiras Amorim, Morpheus, Munike Martins Bonet, Muriel da Silva Santos, Mylena Suarez dos Santos Montenegro Lima, Nadabe Souza, Nádia Medeiros Pereira da Silva, Nadine Assunção Magalhães Abdalla, Nadine Schneider, Nágila Zomer Mereles, Najara Nascimento dos Santos, Nanci Sampaio, Natacha Ágata de Queiroz Andrade Costa Gontijo, Natália Carolina Albissu, Natália de Sá Viana Silva, Natália Dorneles Eymael, Natália F. Alves, Natalia Fonseca Franco, Natalia Fukuda Rocha, Natália Gomes Eiras,

Natália Hernández Pereira de Jesus, Natalia Marquesini, Natalia Mölk, Natália Pereira Rodrigues Lacerda, Natalia Zimichut Vieira, Natalie Kienolt, Natasha Medeiros Siqueira, Nathalia de Lima Santa Rosa, Nathália Siqueira, Nathaly Samila Mamede, Nayara da Silva Santos, Nayara de Souza Varela, Nayara Oliveira de Almeida, Nelson do Nascimento Santos Neto, Nichole Karoliny Barros da Silva, Nícolas Cauê de Brito, Nicole Führ, Nicole Hanashiro, Nicoly Melo, Nitia Padial, Nizia S. Dantas, Núbia Esther de Oliveira Miranda, Ohana Fiori, O'hará Silva Nascimento, Paola Borba Mariz de Oliveira, Paola Carvalho de Souza, Pato, Patricia Demedeiros, Patricia Farias Ferreira, Patrícia Ferreira Magalhães Alves, Patricia L Zimerer, Patrícia Mendes, Patrícia Sasso Marques Correia Prado Batista, Patrícia T., Paula Gracielle dos Santos, Paula Ladeira, Paula Yumi Nishimura, Paula Zaccarelli, Paulo Gabriel Iaghi de Almeida, Paulo Gabriel Malheiros Veloso, Pedro Figueiredo, Pedro Henrique Bastos Mouzinho, Pedro Jatahy, Poliana Silva Rebuli, Poliane Ferreira de Souza, Polly Caria Lima, Priscila Abreu Santos, Priscila Barros, Príscila Ferreira Vieira de Melo, Priscila Figueira Boni, Priscila Salignac, Priscila Vieira Braga, Priscilla Ferreira Guimarães.

Q-Z

Rafael Leite Mora, Rafael Miritz Soares, Rafael Moraes, Rafael Theodor Teodoro, Rafaela Barcellos Moura, Rafaela Barcelos dos Santos, Rafaela Nogared, Rafaela Perez, Rafaella Kelly, Raiane Santos, Raianny Yulle, Raissa Barbosa, Raissa Chiabay Hofmann, Raiza Gom de Souza, Raquel Amorim Correia, Raquel Asche de Paula Rodrigues, Raquel Asche de Paula Rodrigues, Raquel Cristina Marques Monteiro, Raquel da Silva Machado, Raquel Grassi Amemiya, Raquel Nardelli Ribeiro Preter, Raquel Oliveira, Raquel Pedroso Gomes, Raquel Rodrigues Rocha, Raul Morais de Oliveira, Rayane Tomé da Silva, Rayssa Alexandra Francheti, Rayssa Rocha Rodrigues, Rebeca Lopes Cavaletti Sako, Rebeca O. Fischer, Rebecca Naomi Maeda, Rebekah Vasconcelos, Regiane da Silva Costa, Regina Andrade de Souza, Reinaldo Adriano Sversuti, Renan Oliveira Santana, Renata Alessandra Firmino Wanderley, Renata Asche Rodrigues, Renata Bezerra Onofre, Renata Cabral Sampaio, Renata da Silva Leal, Renata de Araújo Valter Capello, Renata de Lima Neves, Renata Duarte Nunes, Renata Farias, Renata Lisa Maeda, Renata Martins Lima, Renata Saturno, Rhauy Fornazin, Rhayssa Figueiredo de Lira Siqueira, Ric.be_br, Ricardo Mota, Ricardo Poletto, Robbie Gonçalves, Roberta Gonçalves, Roberta Ouriques, Roberto de Souza Rodrigues, Roberto Eduardo Trottenberg, Roberto Guimaraes, Robson Muniz de Souza, Rodney Georgio Gonçalves, Rodrigo Bobrowski (Gotyk), Rodrigo Bonfim, Rogério Duarte Nogueira Filho, Roni Tomazelli, Rosana Aparecida de Paula Fornazin, Rosineide Rebouças, Rozana O G Moreira, Rsmira, Ruth Danielle Freire Barbosa Bezerra, Ruthléa Nascimento, Sabrina Lira Lima, Sabrina Melo, Sabrina Teodoro Marques, Saionara Junges, Sálua Rodrigues Melo, Samanta Ascenço Ferreira, Samanta Moreira, Samantha Nervo Otero, Samara Rodrigues dos Santos, Samuel Roque Domingos,

Sandra Marques Fernandes, Sanndy Victória Franklin, Sara Leticia Demari, Sarah Dias da Silva, Sarah Marjorie Vieira, Sarah Rezende Vaz, Shenia Schubert, Silene Eng Wong, Silmara Helena Damasceno, Silvana Chiorino Cruz, Silvana Franco, Silvia H. Perez, Sofia Kerr Azevedo, Soren Francis, Stéfane Benetti, Stefânia Dallas, Stella Ivanovski Souza, Stephani Alberto, Stephanie Azevedo Ferreira, Stephanie Rosa Silva Pereira, Sthefanny Mami Matsubara Ywamoto, Sueli de Fátima Ferreira de Andrade, Suellen Chaves, Suemi Crespi, Susana Fabiano Sambiase, Susie Cardoso, Suzana Matos, Suzanne Souza, Sylvienne Vasconcellos de Sequeira, Tábata Shialmey Wang, Taci Souza, Tácio R. C. Correia, Tailine Costenaro, Taina Mendes Rocha, Tais Bottesini de Oliveira, Taís Castellini, Taissiane Bervig, Talita Chahine, Talles dos Santos Neves, Tamara Dias de Oliveira, Tamara Loewenstein, Tânia Maria Florencio, Taryne Zottino, Tatiana Almeida da Rosa, Tatiana Rocha de Souza, Tatiane Carvalho Rabelo, Tatiane de Araujo Silva, Tatianne Karla Dantas Vila Nova, Tatiele Praia da Silva, Tereza Cristina Santos Machado, Thais Cima, Thaís Costa, Thaís de Oliveira Capinam Santos, Thais Menegotto, Thaís Miranda Cesar, Thais Tenório, Thais Terzi, Thales Leonardo Machado Mendes, Thalita Branco, Thalita Oliveira, Thalita Valcarenghi Carvalho, Thamyres Cavaleiro de Macedo Alves e Silva, Thamyris Medeiros, Tharsila Tom, Thayana Lays Feger, Thayná Machado do Nascímento Azevedo, Thaynara Albuquerque Leão, Thaynara Jatobá, Thays Corrêa, Theyziele Chelis, Thiago Almicci, Thiago Massimino Suarez, Thiana Santos Santana, Thiérry de Carvalho Faracco, Thuane Munck, Tiago Batista Bach, Tiago Lacerda Queiroz Carvalho, Tiago Troian Trevisan, Tífani Alves, Uêdija Dias, Úrsula Antunes, Úrsula Lopes Vaz, Val Ivonica, Valquíria Sampaio Ortiz, Vanessa Adolpho Santos, Vanessa Branco, Vanessa Coimbra da Costa, Vanessa Nabarrete Mourao, Vanessa Ramalho Martins Bettamio, Vânia F. Beati Fraulo, Verônica Meira Silva, Verônica Michetti, Verônica Northfleet Sêco, Veronica Vizotto dos Santos, Victória Albuquerque Silva, Victória Meschini, Victória Ramos de Araújo, Vinicius Benevides Schirmer, Vinícius Luis de Magalhães Alves, Vinicius Valpereiro Silva, Virgínia Luz Schmidt, Vitória Almeida, Vitória Beatriz Portela Orsiolli, Vitória Catarina de Vargas, Vitória Giorgi, Vitória Regina de Araújo Souza, Vivian Osmari Uhlmann, Vivian Ramos Bocaletto, Vivian Zaniratto, Viviane Micheli Correa, Viviane Ventura e Silva Juwer, Walkíria Nascente Valle, Wallacy Mota, Washington Rodrigues Jorge Costa, Wellen Lima Pessoa Virgolino, Weslianny Duarte, Weverton Oliveira, William Ribeiro Leite, Willian Hazelski, Wilma Suely Reque, Yara Teixeira da Silva Santos - Yara Nolee Nenture, Yasmim de Souza B., Yonanda Mallman Casagranda, Yu Pin Fang (Peggy), Yudi Ishikawa, Yuri Anne.

Esta obra foi composta em Dashiell Text e American Typewriter ITC, e impressa em papel Pólen® Bold 70g/m² no Brasil pela Geográfica.

Os papéis utilizados neste livro possuem o selo FSC®, que certifica o bom manejo das florestas brasileiras.

Proteger nossas matas nativas é a única forma de permitir que a vida selvagem perdure em harmonia.